रूह की प्यास

ख़ौफ़, रहस्य और जिस्म की कहानियाँ

रुह की प्यास

ख़ौफ़, रहस्य और जिस्म की कहानियाँ

જયંતી રંગનાથન

Nine Books
साहित्य के नवरस

साहित्य के नवरस

4695, 21-ए, दरियागंज, नयी दिल्ली 110 002

फ़ोन +91 11 23273167 फ़ैक्स : +91 11 23275710

sales@vaniprakashan.in

ROOH KI PYAAS

by Jayanti Rangnathan

ISBN : 978-93-89012-65-1

Lusty Horror Stories

प्रथम संस्करण 2019

मूल्य : ₹ 199

सिटी प्रेस, दिल्ली-110 095 में मुद्रित

नाइन बुक्स (साहित्य के नवरस)

वाणी प्रकाशन का पॉपुलर उपक्रम

उन सफ़ेद बालों के नाम,
जो हर सुबह आईने के सामने
कानों में चुगली करते हुए कहते हैं कि
जो करना है, जल्दी करो...
आज, अभी, इसी वक़्त...

ये जो आग है...

एक दोपहरी मेरी एक मित्र ने मुझे ये दास्ताँ सुनायी थी, पुणे में रहती थीं उसकी पत्रकार सहेली। एक शाम जब एक संगीत समारोह देखने गयी, उसकी मुलाक़ात हुई उसी समारोह में गिटार बजाने वाले जॉन से। लम्बा–ऊँचा, आकर्षक जॉन का आकर्षण कुछ ऐसा था कि पहली ही मुलाक़ात में दोनों हमबिस्तर हो गये। दूसरी–तीसरी मुलाक़ात। सिलसिला बढ़ता गया। दस दिनों बाद नये साल की पार्टी में वह जॉन को भी अपने साथ ले गयी। वहाँ मेजबान के साथ केक काटने के बाद जब वह अँधेरे में खड़े जॉन को केक खिलाने पलटी तो उसके होश उड़ गये। वहाँ जॉन तो था ही नहीं। बस दो लाल आँखें चमक रही थीं...सियार की।

उसके होश गुम। सबने कहा कि यहाँ तो तुम अकेली ही आयी थीं, कोई नहीं था साथ तुम्हारे। मोबाइल की गैलरी में पुरानी तस्वीरें देखीं, वहाँ किसी भी फ़ोटो में जॉन तो था ही नहीं। उसने जो अपना विजिटिंग कार्ड दिया था, उस पते पर वह कभी मौजूद था ही नहीं। इस हादसे के बाद वह कई दिनों तक बीमार रही। अन्ततः लौट कर असम में अपने घर गयी तो घर में हमेशा आने वाले तान्त्रिक उर्फ़ पण्डित जी ने कहा कि कैसे उस पर एक शैतान की नज़र पड़ गयी है। बहुत वक़्त लगा उसे ठीक होने और इस हादसे से निकलने में।

क़िस्सा कहूँ या असली वाक़या, सुनकर मेरे रोंगटे खड़े हो गये। वासना के साथ मिल कर डर के खेल ने रंग ही बदल दिया था।

कई दिनों तक यह वाक़या रह–रह कर याद आता रहा।

लिखने को उकसाता रहा। डर तो हम सबको लगता है, इश्क़ या जिस्म की ज़रूरत भी सबको होती है। क्या हो जब ये दोनों मिल जायें?

परदे के दूसरी तरफ़ एक अलग ही दुनिया है, इतनी नयी और रोमांच से भरपूर कि उसे छूने और उसके पीछे भागने का मन करता है। इस दुनिया में सही या ग़लत कुछ भी नहीं है, जो है वो है आपकी सोच और दुनिया को देखने का अन्दाज़। इस तरह रंग, रोमांच, रूह और ज़िस्म की सिलवटों को बुनते–रचते हुए कुछ किरदार निकले और कुछ कहानियाँ। आग है, चाहे तो बुझाइए या फिर जलने दीजिए...

अनुक्रम

रिज़ॉर्ट के जानवर

'तुम्हें यहाँ पहले तो कभी नहीं देखा?'

'लेकिन मैं तो तुम्हें ही देख रहा हूँ, जब से तुम यहाँ आयी हो...'

'रियली? हम अभी तो मिले हैं एक घण्टा पहले।'

'जिस दिन तुम यहाँ आयी थीं, तुमने नीले रंग की शर्ट पहन रखी थी, जीन्स के साथ। शाम को तुम अपने कमरे से बाहर निकली थीं, सफ़ेद गाउन में। रात को जब तुम अपने दोस्तों के साथ रिज़ॉर्ट लौटीं तो तुम्हारे बाल बँधे हुए थे, तुमने बालों में एक मोगरे का गज़रा भी लगा रखा था...'

'उफ़! तुमने इतना कुछ कैसे, कहाँ देख लिया? हम लोग तो रात एक बजे के बाद लौटे थे रिज़ॉर्ट।'

'तो? क्या उस समय बाहर कर्फ़्यू लगा था?'

मौली हँसने लगी। रजत बस उसकी तरफ़ देखता रहा।

मौली रुक गयी, 'अब क्या? ऐसे क्यों देख रहे हो? अब यह मत कहना कि मेरे अलावा तुमने और किसी को देखा ही नहीं।'

'सच तो यही है।'

'नहीं, ऐसा नहीं हो सकता। हमारे ग्रुप में एक मॉडल है, एक फिरंगी। दोनों मुझसे कहीं ज़्यादा सुन्दर और स्मार्ट हैं।'

रजत के चेहरे पर अजीब से भाव आये, 'तुम इतनी इनोसेंट तो नहीं, जितनी बनती हो।'

'अरे, तुम्हें पता ही नहीं, मैं बहुत इनोसेंट हूँ। मैं किसी का भी यकीं कर लेती हूँ। बात–बात पर भावुक हो जाती हूँ। तभी तो...' मौली की मुस्कराहट कम ही नहीं हो रही थी।

'क्या कहना चाहती हो?'

'तभी तो तुम्हारे साथ यहाँ सागर किनारे बैठी हूँ।'

रजत दो पल के लिए चुप रहा, फिर उसने हलके से मौली के दाहिने

हाथ की छोटी उँगली को छूते हुए कहा, 'लेकिन फिर भी तुम मेरे साथ यहाँ कॉफ़ी पी रही हो, बियर नहीं...'

मौली ज़ोर से हँसी, 'मैंने बताया तो था, मैं बियर सिर्फ़ अपने दोस्तों के साथ पीती हूँ।'

रजत ने जवाब नहीं दिया, बस मौली की तरफ़ देखता रहा। मौली ने इस समय अपने बालों को स्कार्फ से बाँध रखा था। बावजूद स्कार्फ के, उसके जिद्दी बाल हवा के झोंके से चेहरे पर झूमने से लगते।

मौली ने बालों की लट को पीछे कर स्कार्फ में घुसाया। बीच पर इस समय उन दोनों के अलावा और कोई नहीं था। बस रिज़ॉर्ट के कुछ कमरों में अभी भी रोशनी थी। हाथ में कमरे की चाबी का छल्ला घुमाते हुए उसने ग़ौर से रजत की तरफ़ देखा, लम्बोतरा चेहरा, हलकी–सी दाढ़ी, दहकती–सी आँखें, आँखों में अजीब–सी बेचैनी। धीरे–से उसने आँखें नीची कीं। रजत का हाथ उसके हाथ के बहुत क़रीब था। लम्बी सधी उँगलियाँ। आहिस्ता से उन उँगलियों में हरकत होने लगी, मौली ने पाया उसकी कलाई उन उँगलियों की गिरफ़्त में है।

वह हड़बड़ाकर उठ गयी। यह सच में हो रहा था या वो चाहती थी? ऐसा क्या था उन उँगलियों की छुअन में?

मौली के खड़े होते ही रजत ने धीरे–से कहा, 'बैठो न। तुम्हारे दोस्तों को तो आने में वक़्त लगेगा। तीन बजे से पहले कोई वापस नहीं आने वाला।'

'कोई बात नहीं। मुझे नींद आ रही है।' मौली जल्दी में बोल गयी।

'तो कल मिलोगी न? यहीं रात को? बियर पीने?'

'मैंने कहा न मैं...'

'सुन लिया। पर कल तक तो हम दोस्त बन ही जायेंगे।'

'क्यों?'

'पता नहीं। मुझे लग रहा है। तुम्हें भी लगे तो आ जाना...'

मौली का दिल हलका–सा धड़का। मन नहीं कर रहा था वहाँ से उठने का। वो उँगलियाँ, कुछ देर और उनके साथ रह लेती तो... रजत ने कुछ नहीं कहा। बिना पीछे मुड़कर देखे मौली चलने लगी। उसके साथ अजीब–सी ख़ुशबू चल रही थी और एक आवाज़ भी। जैसे उसे कोई घेर कर चल रहा हो। बहुत पहले नानी के गाँव में सुबह–सुबह झाड़ियों से ऐसी ही कुछ ख़ुशबू आती थी। नानी कहती थीं, सुबह होने से पहले झाड़ियों के पास मत जाना। वहाँ चुड़ैल रहती है, इत्र बनाती है लोगों को

लुभाने के लिए। नानी से छिप–छिपा कर वह आधी रात को झाड़ियों के पास पहुँचकर खड़ी हो जाती और लम्बी–लम्बी साँसें लेने लगती। अब न नानी रहीं न बचपन। पता नहीं कैसे वो ख़ुशबू बस याद रह गयी।

मौली अपने कमरे में लौट आयी। कमरे का दरवाज़ा खोलते समय उसे लगा जैसे पीछे कोई खड़ा हो। वह एकदम से पीछे मुड़ी। बस एक शीतल–सा हवा का झोंका था। हलका–सा सिहरकर उसने कमरे की लाइट जला दी। एक पूरी बोतल पानी हलक में उड़ेल लिया। प्यास बुझी नहीं थी।

टी.वी. चलाने का मन नहीं हुआ। कुछ पढ़ने का भी नहीं। दिनभर की थकान का भी उलटा असर हो रहा था। सबने जम कर काम किया था। दस घण्टे लगातार शूटिंग चली। कैमरा थामे–थामे उसके कन्धे दुखने लगे। डिनर के पहले कमरे में सबके साथ बैठकर उसने दो बोतल बियर पी ली।

उसके दोस्त तो रातभर पार्टी करना चाहते थे पर उसने मना कर दिया। डैनियल तो एकदम उसके सिर पर ही सवार हो गया, 'मौली, तुम न बूढ़ी हो गयी हो। काम तो सबने किया है। बस तुम्हें थकान हो रही है। अरे, लौट आयेंगे न दो–तीन घण्टे में। फिर सो जाना।'

मौली मुस्करायी, 'डैन, बूढ़ी ही सही, मैं नहीं आ रही तुम लोगों के साथ। मैं तुम जैसी वाइल्ड नहीं, जो आधी रात तक पार्टी करती रहूँ। बस एक कप कॉफ़ी पिऊँगी और आराम से सो जाऊँगी।'

बात शुरू तो यहीं से हुई थी... लेकिन डाइनिंग हॉल में वह नज़र आ गया... रजत... आ क्या गया, उस समय बस वे दोनों ही रह गये थे वहाँ। रजत के हाथ में बियर का कैन था। वह धीरे–धीरे चलते हुए उसके पास आया जब वह आराम से मज़े ले कर गर्म कॉफ़ी की चुस्की ले रही थी।

अचानक उसके पास आकर वह झुका और बोला, 'आटोग्राफ़ प्लीज़...'

मौली चौंकी, 'क्यों? मुझे क्या समझा है आपने?'

'आप हीरोइन नहीं हैं क्या? कल मैंने पूछा था वेटर से क्या हो रहा है रिज़ॉर्ट में, उसने बताया कि शूटिंग चल रही है। आप ही काम कर रही हैं न फ़िल्म में?'

मौली हँस पड़ी, 'फ़िल्म नहीं, एडवरटाइजिंग की शूटिंग है... मैं हीरोइन नहीं हूँ, कैमरावूमन हूँ... '

'रियली? नहीं, मुझे यकीं नहीं हो रहा है... आप ऑटोग्राफ़ नहीं देना चाहतीं इसलिए कुछ भी कह रही हैं...'

मौली ने इस बार ध्यान से रजत की तरफ़ देखा, एक पल को जैसे धड़कन रुक–सी गयी। कितनी तीखी आँखें थीं उसकी, जैसे पल भर में उसे भेद देंगी। ये कैसी आँखें हैं, इन आँखों में अजनबीयत नहीं, कुछ और है... न चाहते हुए भी होंठ जैसे बुदबुदा उठे, लस्ट...

रजत ने दोस्ताना अन्दाज़ में कहा, 'चलिए, मैं आपकी बात मान लेता हूँ। पर आपको भी मेरी एक बात माननी पड़ेगी। मेरे लिए तो आप ही हीरोइन हैं! सच कहूँ तो ये सब न, शूटिंग वगैरह मेरे लिए नया है। मेरा काम बहुत बोरिंग है। कोई ग्लैमर नहीं। आप लोगों की तरह नहीं। मेरे आसपास भी निहायत उबाऊ क़िस्म के लोग रहते हैं। आप सबको देख रहा हूँ, कितने बिन्दास हैं सब, हँसते–खेलते काम कर रहे हैं। सीरियसली, आय एम जैलस ऑफ़ यू गाइज़।'

मौली बस उसकी तरफ़ देखती रही। रजत ने चेहरे पर अजीब–सा भोलापन ओढ़ लिया। आदमी है कि जादूगर? पल भर पहले शक्ति कपूर था अब रणबीर कपूर?

मौली को अपनी तरफ़ देखता पाकर रजत एक कुर्सी खिसकाकर उसके पास बैठ गया। मौली थोड़ा पीछे खिसककर बैठ गयी। रजत ने बियर का एक घूँट भरा फिर अचानक जैसे उसे कुछ याद आया, 'सॉरी, मैं अकेले पी रहा हूँ। आपसे नहीं पूछा। आप पियेंगी?'

मौली ने सिर हिलाकर कहा, 'मैं कॉफ़ी पी रही हूँ और दूसरी बात, मैं बियर सिर्फ़ अपने दोस्तों के साथ पीती हूँ।'

रजत ने बियर का गिलास नीचे रख दिया और सोचते हुए कहा, 'फिर तो आपको हमारे साथ दोस्ती करनी पड़ेगी।'

मौली हँस पड़ी, 'ज़बर्दस्ती?'

'नहीं, प्यार से।'

मौली ने चौंक कर रजत की तरफ़ देखा। वह सीधे उसकी आँखों में झाँक रहा था। कहीं तो देखी हैं ये आँखें, क्या है इन आँखों में जो उसे खटक रहा है।

मौली ने चेहरा फेर लिया। कॉफ़ी ख़त्म कर उठने लगी तो रजत ने जैसे उसका रास्ता रोक लिया, 'मैडम, देखिए यहाँ से बस दो मिनट की दूरी पर बीच है। वहाँ और भी कई लोग हैं। आपको दिक्कत न हो तो वहाँ चलेंगी मेरे साथ?'

'अभी? इतनी रात को तो समन्दर भी ठीक से नज़र नहीं आता?'

'आप कल रात भी तो बीच पर बैठी थीं... आज फिर से देख लीजिए रात में समन्दर। क्या पता कुछ नया दिख जाये'।

मौली उठी। सामने नज़र घुमाकर देखा। समन्दर किनारे कई लोग थे। उसने धीरे–से सिर हिलाया। सोचा दस मिनट बैठ कर लौट आयेगी।

रजत उसके साथ चलने लगा। बीच के किनारे खाली नाव खड़ी थीं। एक खाली नाव देख लपककर रजत उस पर चढ़ गया। मौली को हँसी आ गयी। वह सधे क़दमों से नाव की तरफ़ आती हुई बोली, 'आप सरकस में काम करते थे क्या? ऐसे झपाक से उछले कि...'

'कुछ यूँ ही समझ लें। सरकस... जंगल...'

उसकी आवाज़ में अजीब–सी तुर्शी थी।

मौली उसकी तरफ़ ज़्यादा देर तक नहीं देख पायी और पूछ बैठी, 'आपको यहाँ पहले तो कभी नहीं देखा...'

कौन है ये आदमी? क्यों इस तरह उसके दिल को घेरता जा रहा है? जबसे अपने कमरे में आयी है, अजीब–सा हाल हो गया है। रात के ढाई बज रहे थे। मौली की आँखों में अब नींद की जगह बहुत सारे सवालों ने ले ली। कमरे में बस हलका–सा टेबल लैम्प जल रहा था। खिड़की का परदा हलका–सा खुला हुआ। न जाने क्यों ऐसा लग रहा था वह खिड़की के उस पार खड़ा हो। मन हुआ एक बार दरवाज़ा खोल कर देख ले, पर हिम्मत नहीं हुई।

ऐसा पहली बार हुआ था उसके साथ, पहली बार मिलकर ही किसी का इस क़दर दिल ओ दिमाग़ पर हावी हो जाना। मन जानता था यह मोहब्बत नहीं है, पहली नज़र का प्यार–व्यार भी नहीं, बस वासना है। किसी को अन्दर तक जी लेने की आदिम प्यास। इस ख़याल भर से वह पसीने से नहा उठी।

इससे पहले तो कभी किसी आदमी को देखते ही उसके मन में सेक्स का ख़याल नहीं आया। यूँ लग रहा है मानो उसे बेसब्री से इन्तज़ार है मीटिंग का।

मौली ने पिछले कुछ घण्टों को तरतीब से एक बार फिर याद किया। रिज़ॉर्ट के डाइनिंग रूम में रजत से मिलना, उसकी लच्छेदार बातों में उलझकर उसके साथ सागर किनारे जाना और वहाँ रजत का वो टच!

न जाने कब से वह दोहरा रही है। जी रही है। उकसा रही है अपने आपको। आँखों में उनींदापन आया ही था कि किसी ने कमरे की घण्टी बजा दी। वह सिहरकर उठी। पता था, उसके साथ रूम शेयर करने वाली रूमा ही होगी। फिर भी...

दरवाज़ा खोलते ही रूमा बरस पड़ी, 'अन्दर से लॉक क्यों किया? तुम्हें उठना पड़ा न दरवाज़ा खोलने। डियर, तुम इतना डरती क्यों हो? क्या कोई आ जाता कमरे में?'

रूमा ज़बर्दस्त टुन्न लग रही थी। मौली की निगाहें रूमा से हट कर पीछे गयीं। पेड़ के नीचे वही तो खड़ा था! उफ़! तुरन्त दरवाज़ा बन्द कर लिया। क्या हो गया है उसे? हर जगह उसे क्यों देखने लगी है?

बिस्तर पर गिरते ही रूमा सो गयी। पर उसे रात भर नींद नहीं आयी। सुबह बस कुछ घण्टों का काम था। फिर पैकअप। शाम को तफरी और अगले दिन वापसी।

सुबह बहुत जल्दी काम शुरू हो गया। तीन–चार कप ब्लैक कॉफ़ी पीने के बाद वह जैसे–तैसे कैमरा पकड़ने लायक हुई। एक अच्छी बात है उसके साथ। एक बार कैमरे के पीछे आते ही बाक़ी सबकुछ भूल जाती है। दो शॉट के बाद डैन ने हाथ के इशारे से उसे अपने पास बुलाया। डैन पुड़िया लाया था। हाथों में मल कर सिगरेट में रोल करते हुए बोला, 'पिओगी न?'

मौली ने सिर हिलाया, 'नो। मन नहीं है।'

'क्या हुआ मौली? परेशान लग रही हो? आर यू ओके?'

'हाँ, परफेक्ट। बस थकान–सी लग रही है।'

'तुम्हें? रात तीन बजे तक हम लोग पार्टी कर रहे थे। तुम तो मज़े से सोने चली गयी थीं। फिर भी थकान?'

'मैं भी जगी हुई थी...'

'ओह। वजह तो बताओ।'

'डैन, तुमने देखा, कुछ देर पहले शूटिंग देखने एक आदमी आया था, नीली चैक की शर्ट में।'

'कहाँ आया था?'

'यहीं तो था, ठीक तुम्हारे पीछे खड़ा था।'

'अरे, मैंने ध्यान नहीं दिया। क्या हुआ? बदतमीज़ी कर रहा था क्या?'

'न बस ऐसे ही। कल रात तुम लोगों के जाने के बाद कुछ बातें हुईं—इंटरेस्टिंग—सी।'

'वाऊ मौली। तुम्हारे मुँह से सुनकर अच्छा लग रहा है। वरना तुम्हें तो कोई आदमी अच्छा ही नहीं लगता।'

'ऐसा नहीं है डैन। बस, थोड़ा डर लगता है रिश्ते बनाने में। एक बुरे ब्रेकअप के बाद शायद हर कोई हिल जाता है।'

'अंकित साला चूतिया था। मैंने पहले ही कहा था यकीं मत करना उस पर। तुम कुछ सुनना ही नहीं चाहती थीं। लव—शव एंड चिकन खुराना टाइप। यार, मैं तेरा चड्डी—बड्डी हूँ। तुझे तेरे से ज़्यादा जानता हूँ। छोड़। अब तू पुरानी बातों को भूल जा। और हाँ, अपने इस मिस्ट्री मैन से मुझे ज़रूर मिलाना। अभी भी यहीं है क्या?'

मौली की चौकन्नी निगाहें इधर—उधर फिरने लगीं, 'यहीं तो था अब तक। पता नहीं...'

'कोई नहीं, रात की पार्टी में उसे भी ले आना। देख लूँगा...'

काम ख़त्म होते—होते दोपहर हो गयी। कैमरा कन्धे से उतारकर मौली ने क्रू को थमाया और अँगड़ाई लेती हुई वॉश रूम की तरफ़ बढ़ने लगी। इस समय लग रहा था बस शरीर टूटकर कहीं गिरने ही वाला है। शायद वह गिरती भी। रजत ने एकदम से आकर उसका कन्धा थाम लिया, 'हे, कैसे चल रही हो? देख नहीं रहीं, सामने टाइल टूटा हुआ है।'

मौली सँभली। सच में, उसे कैसे नहीं दिखा ?

'रजत, तुम तबसे यहीं हो? कुछ और काम नहीं है क्या?'

'सच कहूँ तो काम तो था। पर सोचा, कल तुम चली जाओगी। मेरे पास समय कम है तुमसे दोस्ती करने के लिए।'

मौली हँसी, 'अरे, तुम तो पीछे ही पड़ गये। अच्छा सुनो, आज रात हम सब पार्टी कर रहे हैं। फ्री हो तो आ जाना।'

'श्योर, पर एक शर्त पर।'

'शर्त? क्या?'

'तुम्हें मेरे साथ बियर पीनी होगी।'

'अजीब हो तुम। ये क्या शर्त है?'

'तुमने ही तो कहा था तुम सिर्फ़ दोस्तों के साथ बियर पीती हो। ज़ाहिर है, मैं तुम्हारा दोस्त बनना चाहता हूँ।'

'सोचूँगी। फिलहाल तो ग़ज़ब की भूख लगी है।'

'कैसी भूख? मैं कुछ कर सकता हूँ?'

मौली को हलकी–सी झुरझुरी हुई। ये आदमी कैसे जान रहा है उसके दिल की बातें। भूख...

सिर झटककर वह आगे बढ़ी, जैसे उसने उसकी बात ही न सुनी हो।

'अच्छा ये तो बताओ, लंच के बाद क्या कर रही हो?'

'थोड़ा आराम।'

'वो तो मेरे साथ भी कर सकती हो न?'

मौली कुछ बोलने को हुई। बहुत कुछ बोलने को, पर कुछ नहीं बोल पायी।

'सॉरी, तुम पता नहीं क्या सोचने लगीं। आय जस्ट वांट टु स्पेंड सम टाइम विद यू। पता नहीं, क्यों? पर जबसे तुमसे मिला हूँ, बस मन कर रहा है तुम्हारे साथ बैठने का। बस ऐसे ही। तुम अगर न चाहो तो...'

मौली ने जल्दी से कहा, 'रजत, मुझे वॉश रूम जाना है। शाम को देखते हैं...'

'क्या?'

'पता नहीं...'

डैन लंच की प्लेट लेकर उसके पास ही चला आया। मौली अनमनी–सी रोटी का टुकड़ा कुतर रही थी।

डैन ने उसकी प्लेट से खीरे का एक टुकड़ा उठाते हुए पूछा, 'व्हाट्स अप? तुम ठीक से खा क्यों नहीं रहीं? न तुम्हारी प्लेट में चिकन है न पनीर।'

मौली ने डैन की तरफ़ देखा, 'ब्रो, थक गयी हूँ। खाने का मन नहीं कर रहा'।

'क्रेजी। देखो, काम तो हम सबने भी किया। जम कर खा रहे हैं न? अच्छा बताओ, कहाँ है तुम्हारा वो मिस्ट्री मैन? पार्टी में आ रहा है न?'

'पता नहीं।'

'पता करो न। तुम इतनी उखड़ी–उखड़ी क्यों लग रही हो?'

'ऐसा कुछ नहीं है। बस यूँ ही। अच्छा एक बात बताओ डैन। जिस रिश्ते को मुझे आगे नहीं ले जाना, उसे फ़ौरन ख़त्म कर देना चाहिए न?'

डैन चौंका, 'डिपेंड करता है। हमेशा ऐसा नहीं होता। कुछ रिश्ते लम्बे चलते हैं, कुछ नहीं। मेरा मानना है हर रिश्ता हमें कुछ न कुछ सिखा ज़रूर देता है। इसलिए हमें हमेशा रिश्तों के लिए ओपन रहना चाहिए।'

'हम्म... वह रजत है न, वह कुछ ज़्यादा ही बेताब है मेरे साथ समय बिताने को। मुझे लगा कि...'

'ठीक है न यार। वैसे भी अभी तुम क्या करने वाली हो? हम सब अपने–अपने कमरे में जाकर आराम करने वाले हैं। तुम उसके साथ बातें कर लो। एनी वे, तुम बहुत सोचती हो मौली। अपने आपको वक़्त के साथ बहने क्यों नहीं देतीं?'

मौली ने अबकी रोटी का एक बड़ा टुकड़ा दाल मखनी में डुबो कर मुँह में रख लिया। दो स्कूप बटर स्कॉच आइसक्रीम खाने के बाद लगा अब वह दिल से सोच सकती है।

डाइनिंग रूम के बाहर निकली। रजत कहीं नहीं था। सुबह से उसके पीछे साये की तरह लगा रहने वाला आदमी इस समय कैसे नहीं है उसके सामने?

वह धीरे–धीरे चलती हुई कमरे की तरफ़ आयी। रास्ते में कहीं रजत नज़र नहीं आया। ऑफ़िस और स्वीमिंग पूल तक देख आयी। पर वह नहीं मिला।

वह अपने कमरे तक लौट आयी। बस दरवाज़ा खोलने ही वाली थी कि अचानक कुछ ख़याल आया। वह उलटे पाँव तेज़ी से रिज़ॉर्ट की पिछली तरफ़ चलने लगी। केले के पेड़, नारियल के पेड़ उसके बाद झुरमुट झाड़ियाँ। सामने समन्दर।

रिज़ॉर्ट का गेट खोल कर वह बीच की तरफ़ निकल आयी। रेत में चलना मुश्किल हो रहा था। सैंडल्स हाथ में उठा लिए। कल रात यहीं तो बीच किनारे एक खाली नाव पर बैठे थे दोनों।

दूर से दिख गयीं रजत की चमकती आँखें। लगातार उसे देखती हुई। वह न चौंका न अपनी जगह से उठा। बस जब वह पास आयी तो हाथ पकड़कर उसे नाव में बिठा लिया।

मौली के चेहरे पर अजीब–सी मुस्कराहट आयी, 'दोपहर में समन्दर देखने का मज़ा ही कुछ और होता है न?'

रजत की आवाज़ सपाट थी, 'तुम यहाँ समन्दर देखने आयी हो?'

मौली के मुँह से निकल गया, 'नहीं...'

रजत ने अब भी उसका हाथ पकड़ रखा था। मौली ने छुड़ाने की कोशिश नहीं की। रजत ने हलके से उसके हाथ पर अपना दबाव बनाया। पहले तो वह हिचकी। फिर उसे डैन की बात याद आ गयी और उसने वक़्त के साथ अपने को बहने दिया।

देर तक दोनों उसी तरह बैठे रहे।

मौली उसे अपने बारे में बताने लगी। काम के बारे में। मुम्बई के बारे में।

उसने पूछ ही लिया, 'रजत, तुमने बताया नहीं तुम कहाँ रहते हो? क्या करते हो?'

रजत ने दोनों हाथों से उसे अपने पास समेटते हुए कहा, 'बताया था न... जंगलों में रहता हूँ।'

'किस तरह के जंगल में? एक जंगल में तो मैं भी रहती हूँ, कंक्रीट का जंगल।'

रजत हँसने लगा, 'मुझे तो मनुष्यों के बनाये जंगल में रहने में डर लगता है।'

'और करते क्या हो?'

'कुछ ख़ास नहीं। वही जो सब करते हैं।'

मौली ने ध्यान से उसकी तरफ़ देखा। रजत के चेहरे पर चमक थी। सूरज की रोशनी से चमचमाता चेहरा। उसने अपने पर्स से मोबाइल निकाल लिया और रजत के साथ अपनी सेल्फी ले ली। समन्दर के बैकड्राप में नाव में बैठे वो दोनों।

रजत उठ गया, 'चलो, रिज़ॉर्ट में चलते हैं। अन्दर चलकर बैठते हैं, यहाँ बहुत उमस है।'

'मैं तुम्हारे कमरे में नहीं चलूँगी, ओके?'

'नो प्रॉब्लम। तुम्हारे कमरे में चलते हैं। एसी तो चला दोगी न?'

दोनों उठकर साथ चलने लगे। मौली अपने कमरे के सामने जा कर रुक गयी। दरवाज़ा लॉक्ड था। रूमा कमरे में नहीं थी। ज़रूर वह किसी और के कमरे में धमक गयी होगी।

एक पल को मौली हिचकी। रजत के साथ अकेले कमरे में?

अगले पल उसने अपने ख़यालों को पीछे कर कमरे का दरवाज़ा खोल दिया। रजत अन्दर आते ही एसी चला कर सोफ़े पर पसर गया।

मौली उसके सामने कुर्सी खिसकाकर बैठ गयी, 'तुम रात को हमारी पार्टी में आ रहे हो न? तुम्हें अपने फ्रेंड्स से मिलवाना चाहती हूँ।'

'ओके डन। क्या कहकर मिलवाओगी?'

'फ्रेंड यार!'

'तो तुमने मेरी दोस्ती कुबूल कर ही ली!'

मौली थोड़ा रुकी, फिर बोली, 'मैं इतनी जल्दी किसी को अपना दोस्त नहीं बनाती। पर पता नहीं रजत, तुमसे मुझे कोई अजीब–सी, पहचानी–सी ख़ुशबू आती है।'

रजत हँसने लगा, 'रियली! चलो, ख़ुशबू के बहाने ही सही, तुम मेरे पास तो आयीं... '

'तुम कितने रोमांटिक हो रहे हो। फ़िल्मी भी...'

रजत धीरे–से उठकर मौली के पास आया और उसे अपनी बाँहों में लेते हुए बोला, 'तुमने मुझे सब सिखा दिया है।'

मौली की साँस तेज़ हो गयी। मन किया उसे और पास आने से रोक दे। कल ही तो मिली है उसे। इतनी जल्दी इतने पास? नहीं।

वह उसे अपने हाथों से दूर कर देना चाहती थी, पर अगले पल उसने पाया कि रजत के होंठ उसके होंठों पर हैं और उसे हलके से चूमने लगे हैं। वह थर्रायी। मन ही मन बोली, बस और नहीं। रजत ने धीरे–से उसके बँधे बालों को खोला और बालों की ख़ुशबू सूँघते हुए बोला, 'तुम्हारे बालों की ख़ुशबू! आह! मुझे पागल कर देगी।' बालों की एक लट को उसने अपनी उँगली में छल्ले–सा लपेट लिया।

बहुत क़रीब थे दोनों। एक इंच की दूरी। मौली की आँखें बन्द होने लगीं। मदहोशी–सी छाने लगी। वह रोकना चाहती थी उसे, ख़ुद भी रुकना चाहती थी। पर ऐसा लग रहा था जैसे उसके हाथों में कुछ रहा ही नहीं। रजत के दोनों हाथ उसके शरीर पर रेंग रहे थे। उसके स्पर्श में अजीब–सा वहशीपन था। उसके नाखून तीखे थे, गड़ रहे थे यहाँ–वहाँ। हलकी–सी चीख़ निकली। अगले ही पल रजत ने अपने होंठ वहाँ लगा लिये। उसने आनन्द से आँखें बन्द कर लीं। ओह, क्या इसी की चाहत थी उसके शरीर को?

रजत के साथ हमबिस्तर होते समय भी उसे होश नहीं था। आँखें बन्द, दिमाग़ कुन्द।

रजत ने जब झटके में उसके अन्दर प्रवेश किया, आँखें बन्द कर

उसने मुट्ठियाँ कस लीं। इससे पहले भी वह अपने पुरुष मित्रों के साथ सो चुकी थी। पर ऐसा लग रहा था वे सब पुरुष थे ही नहीं।

बेहोशी थी या नींद, नहीं पता। जब आँख खुली तो रात के दस बज रहे थे। उसका मोबाइल बज रहा था। वह हड़बड़ाकर उठी। डैन था, 'कहाँ हो यार? कब से इन्तज़ार कर रहे हैं तुम्हारा। जल्दी आओ, केक कटवाना है तुमसे।'

मौली उठी, कपड़े समेटकर वॉश रूम में आयी। कुछ सोच–समझ नहीं पा रही थी। इधर–उधर हर कहीं प्यार के निशाँ। पोर–पोर दुख रहा था। अपने निशानों पर हाथ फेरते हुए उसने लम्बी साँस ली। मदहोशी अब भी बनी हुई थी। उसने जल्दी से अपने कपड़े पहने। चेहरा धोया। बाल ऊपर की तरफ़ कर क्लचर लगाया।

रजत उठ चुका था। उसने कमरे की चाबी उठाते हुए कहा, 'चलो,' कमरा भी शायद ठीक से लॉक नहीं कर पायी। पार्टी रूम तक पहुँचते–पहुँचते हाँफने लगी। सब पहुँच चुके थे। ज़ोर–शोर से म्यूज़िक चल रहा था।

डैन उसकी ओर तेज़ी से आया, 'कहाँ थीं यार? ये भी कोई वक़्त है आने का? और तुम्हारा वो फ्रेंड कहाँ है?'

'मेरे पीछे...'

'जल्दी करो, केक काटना है। चलो, वी आर वेटिंग फॉर यू, तुम्हारी वजह से ही हमारा एड कैम्पेन पूरा हो पाया है... लेट अस सेलिब्रेट यार!'

डैन उसे खींचते हुए टेबल तक ले आया। सामने रोशनी थी। डैन ने मौली के हाथ में चाकू पकड़ा दिया। मौली ने केक काटा, ज़बर्दस्त, शोर, तालियाँ।

केक का एक टुकड़ा लेकर वह पीछे मुड़ी, रजत को खिलाने। पर पीछे अँधेरा था। वहाँ बस दो आँखें चमक रही थीं, लाल आँखें... सियार की...

मौली के हाथ से केक का टुकड़ा नीचे गिर गया। डर के मारे क़दम जड़ हो गये। वह ज़मीन पर बैठने ही जा रही थी कि उसकी पैंट गीली हो गयी।

डर और दहशत से होश जैसे गुम हो गये। चेहरे पर पसीना, दिल की धड़कन बढ़ी हुई। अपने आपको किसी तरह सँभालते हुए वह दो क़दम पीछे हटी और लड़खड़ाती हुई वॉशिंग रूम तक आयी। पैंट

उतारकर उसने साफ़ किया। हैंड ड्रायर से सुखाते–सुखाते लगा कि वह नीचे गिर ही जायेगी।

समझ नहीं आया, उसने जो देखा, उस पर यकीं करे या नहीं। आईने के सामने थी। शर्ट के नीचे से झाँकते निशां। शर्ट खोला। गर्दन, ब्रेस्ट के आसपास लाल चकत्ते से उभरने लगे। जंगली जानवर के पंजों के निशां। आँखें बन्द कर वह कुछ बुदबुदाने लगी। शर्ट पहन लिया। किसी तरह पैंट पैरों में चढ़ाकर बहुत मुश्किल से अपने आपको सँभालती हुई वह बाहर निकली।

रूमा बियर का कैन लिए उसकी तरफ़ ही आ रही थी, 'मौली डियर, क्या हुआ? आर यू ओके? डैन तुम्हें पूछ रहा था। उसने कुछ ठण्डी बियर बचा रखी है तुम्हारे और तुम्हारे फ्रेंड के लिए। कहाँ है वो?'

मौली ने हाथ से कुछ इशारा भर किया। किसी तरह अपने आपको सँभालती हुई सामने पड़ी कुर्सी पर बैठ गयी। बैग से मोबाइल निकाला। गैलरी में सबसे ऊपर दोपहर को उसकी खींची तस्वीर थी। काँपते हाथों से उसने तस्वीर को क्लिक किया। दोपहरी में चमकती नाव थी, समन्दर का बैकड्राप था और... तस्वीर में सिर्फ़ वो थी...

डैन उसके पास आया और उसका हाथ पकड़कर नीचे बैठता हुआ बोला, 'क्या हुआ मौली? आर यू ऑलराइट? रूमा ने बताया तुम्हारी तबीयत ठीक नहीं... तुमने न कुछ पिया न खाया...'

मौली ने धीरे–से अपना सिर उठाया। लग रहा था जैसे सिर बस फटने ही वाला हो और ये अजीब आवाज़ें।

'इतना शोर क्यों हो रहा है डैन?'

'कुछ नहीं... पता नहीं कैसे रिज़ॉर्ट में एक सियार घुस आया है। बस उसे खदेड़ रहे हैं...'

...ख़ुशबुओं के गाँव में

दस दिन हुए थे यहाँ आये। थका–सा क़स्बा। सोये से लोग। अलसाया–सा माहौल। हर तरफ़ धूल, गर्द, गुबार। शाम ढलते ही लगता था, पूरा क़स्बा जैसे धुँधलाया–सा हो गया हो। सड़क किनारे दुकानों पर मद्धम–सी साठ वॉट की जलती हुई लाइट, जो अपनी क़िस्मत को रोती–सी लगती थी।

सिड ख़ुद भी झल्लाया–सा रहता था। गेस्ट हाउस से फैक्टरी और फैक्टरी से गेस्ट हाउस। गेस्ट हाउस का केयरटेकर नानू भी उतना ही ठण्डा और निर्जीव क़िस्म का बन्दा था। चार दिन से लगातार उसे सूखी कड़क जली हुई चपातियों के साथ कुंदरू और लौकी की सब्ज़ी खिला रहा था। आज सुबह–सुबह ही सिड ने तय कर लिया, एक दिन भी अगर उसने गेस्ट हाउस में खाना खाया तो ज़िन्दा नहीं रह पायेगा। फैक्टरी में बात करने लायक बस एक अधेड़ उम्र का एकाउंटेंट था। ख़ुद को मिस्टर बनर्जी कहकर सम्बोधित करता। उससे लगभग एक हज़ार बार सिड रहने और खाने–पीने की शिकायत कर चुका था। पर मजाल कि कभी उसने अपने घर आने का न्योता दिया हो।

सिड यहाँ आया था फैक्टरी का सौदा करवाने। बड़ी डील थी, जर्मनी की कम्पनी ख़रीदना चाह रही थी। उनकी तरफ़ से सिड यहाँ फैक्टरी का सौदा कराने आया था।

मिस्टर बनर्जी ख़ुद भी चाहते थे कि फैक्टरी को अगर कोई एमएनसी ख़रीद ले, तो उनकी पिछले कई सालों से जमी हुई तनख़्वाह बढ़ जाये। उसके लिए लंच मिस्टर बनर्जी पास के एक रेस्तराँ से मँगवाता था। लगभग रोज़ ही डोसा, इडली टाइप। आज मसाला डोसा के साथ पानीदार लौकी वाला साँभर देख सिड ने प्लेट आगे सरका दी। मिस्टर बनर्जी अपने घर से लाया खाना खाते रहे। सिड ने पूछ ही लिया, 'मिस्टर बनर्जी,

यहाँ कोई ठीक–सा रेस्तराँ नहीं है क्या? जहाँ चिकन–शिकन मिले, कुछ दमदार खाना...'

मिस्टर बनर्जी ने ग़ौर से सिड का चेहरा देखा फिर सोचते हुए कहा, 'सर, एक ठो नानवेज रेस्तराँ है तो। रेलवे स्टेशन देखा है न? बस उसके रास्ते में है। इधर से दूर पड़ता है, दस किलोमीटर। उधर सब मिलता है–छोटा मांस, बड़ा बाँस, खम्बा...' हाथ से दारू का इशारा करते हुए उसने बताया।

सिड ने सिर हिलाया। दस किलोमीटर क्या, अच्छे खाने के लिए वह आज तो चौबीस घण्टे का भी सफ़र करने को तैयार है। वह उठने लगा तो मिस्टर बनर्जी ने ज़ोर से कहा, 'सर, इधर का सब होटल–बोटल दस बजे बन्द हो जाता है। टाइम पर चले जाना।'

सिड ने मिस्टर बनर्जी को शुक्रिया कहा और शाम आठ बजे फैक्टरी से निकलकर अपनी गाड़ी को फर्राटे से स्टेशन की तरफ़ घुमा दिया। रास्ता थोड़ा सुनसान था। एकाध बसें और गाड़ियाँ बस। स्टेशन से लगभग तीन किलोमीटर पहले सड़क पर खड़ी एक पुरानी–सी वैन नज़र आयी। सिड को ग़ुस्सा आया, अगर उसका ध्यान नहीं जाता तो टक्कर हो ही जानी थी। गाड़ी ज़रा–सा आगे खड़ी कर ड्राइवर को गाली देने उतरा।

ड्राइवर गाड़ी के नीचे था। गाड़ी से उतरकर किनारे खड़ी थी, एक अधेड़ उम्र की शानदार औरत। उसके पीछे दुपट्टे से मुँह ढँक कर खड़ी कुछ लड़कियाँ।

सिड ड्राइवर से कहते–कहते रुक गया। समझ आ गया कि वैन बीच सड़क पर बन्द पड़ गयी है। सिड ने कुछ ज़ोर से ड्राइवर से पूछा, 'क्या हो गया बादशाहो?'

ड्राइवर ने वहीं से घरघराती आवाज़ में कुछ कहा, जिसका लब्बोलुबाब यह था कि उसे ख़ुद भी नहीं पता और वह जाँच रहा है।

सड़क किनारे खड़ी उस अधेड़ सुन्दर औरत ने धीरे–से कहा, 'गाड़ी के इंजन से ज़ोर की आवाज़ आयी, फिर रुक गयी। बीस मिनट हो गये। लगता नहीं ठीक हो पायेगी।'

'आप लोगों को कहाँ जाना है?'

'स्टेशन... दस बजे की ट्रेन है...'

'मैं उसी तरफ़ जा रहा हूँ। आप कहें तो छोड़ देता हूँ आप लोगों को।'

उस महिला के चेहरे पर कौतुक–सा उभर आया। उसने ड्राइवर

से पूछा, 'बताओ तो भाई, हम जायें क्या स्टेशन? तुम्हारी गाड़ी तो सही होती नहीं लगती?'

ड्राइवर फिर से घरघराता–सा कुछ बोला, जो शायद सिर्फ़ उस महिला की समझ में आया। उसने पलटकर सिड से कहा, 'आपको तकलीफ़ तो नहीं होगी?'

'नहीं, आप लोग सामान निकालिए, मैं डिक्की खोल रहा हूँ।'

सिड ने देखा, महिला के अलावा तीन लड़कियाँ थीं। अल्हड़–सी चाल। फुसफुसाती हुई आपस में कुछ बोल रही थीं। सब ने वैन से अपना सामान निकाल लिया। डिक्की में सामान रखने के बाद वे चुपचाप खड़ी हो गयीं। महिला ने कहा, 'तुम तीनों पीछे बैठो गाड़ी में।' वह ख़ुद गाड़ी का दरवाज़ा खोल कर आगे बैठ गयी।

दस मिनट में स्टेशन आ गया। तब तक महिला कुछ नहीं बोली। सिड ने ध्यान से उसकी तरफ़ देखा, इस रंग उड़े कस्बे में रहने वाली तो नहीं लग रही थी। बेहद सलीके से महँगी बनारसी साड़ी बाँधी हुई थी। जूड़े में खुसा एक लाल चमकता गुड़हल का फूल। गले में सोने की लम्बी चेन में एक दमकता–सा लॉकेट। कानों में हीरे के बुंदे। सम्भ्रान्त परिवार की लग रही थी।

पुराने रंग उड़े, उजाड़ स्टेशन के सामने सिड ने गाड़ी रोकी, महिला ने गाड़ी का शीशा नीचे कर सामने खड़े कुली से पूछा, 'मुगलसराय जाने वाली ट्रेन कौन से प्लेटफॉर्म पर आयेगी? सामान ले चलोगे?'

कुली अपना सिर खिड़की पर लगभग घुसाते हुए बोला, 'बहन जी, गाड़ी तो बारह घण्टे लेट चल रही है। सुबह दस बजे आवेगी...'

महिला के चेहरे पर परेशानी के भाव आ गये, 'अरे... फिर...'

सिड गाड़ी से उतर गया। छोटा–सा स्टेशन। हर कहीं गर्द और गन्दगी। स्टेशन पर चाय का खोमचा–सा था। बैठने के लिए बस एक बेंच, जिस पर कुछ भिखारी पहले से पसर कर बैठे थे। महिला रात भर अपनी तीन कन्याओं के साथ यहाँ कैसे रहेगी?

महिला गाड़ी से उतर आयी और सिड से बोली, 'हम रात यहीं रह लेंगे। क्या करें, जिस काम से आये थे, वह पूरा हो गया। आप जाइए। नाहक़ परेशान हो रहे हैं।'

महिला ने इशारा किया और तीनों लड़कियाँ गाड़ी से उतरने लगीं। सिड डिक्की खोलने लगा, सामान उतारने को ही था कि महिला ने कुली

से पूछा, 'भाई, यहाँ कहीं खाने को कुछ मिल जायेगा क्या? कोई होटल है पास में?'

कुली ने नहीं में सिर हिलाया, 'खाने को तो इस बेर कुछ नहीं मिलेगा, ज़्यादा से ज़्यादा बिस्कुट और चाय मिलेगी।'

'ओह, अच्छी मुसीबत हो गयी।' महिला बुदबुदायी।

सिड ने सामान बाहर नहीं निकाला। बल्कि डिक्की को वापस बन्द कर महिला से बोला, 'यहाँ पास में एक रेस्तराँ है। मैं वहीं खाने जा रहा हूँ। आप लोग भी चल सकती हैं...'

'आपको तकलीफ़ तो नहीं होगी? दरअसल, सबको देर से भूख लगी थी। जल्दी में कुछ बँधवा भी नहीं पायी। मैं सोच रही थी, जल्दी से स्टेशन पहुँचते हैं, वहीं कुछ खा–पी लेंगे। पर देखिए तो...'

'कोई बात नहीं। आप लोग बैठिए गाड़ी में। वैसे भी अब कोई जल्दी नहीं है।'

महिला कुछ संकोच से बैठ गयी। स्टेशन से आगे चार किलोमीटर बाद सड़क किनारे होटल था। मिस्टर बनर्जी का बताया होटल। ठीक–सा दिखने वाला होटल।

सिड ने गाड़ी होटल के सामने लगा दी। महिला और तीनों लड़कियाँ एक–एक करके उतरीं। होटल के अन्दर जाते समय महिला ज़रा रुकी, 'आप अन्दर जाकर बैठिए। हम ज़रा हाथ–मुँह धो कर आते हैं।'

सिड ने सिर हिलाया। होटल में ठीक–सी भीड़ थी। जब सिड ने वेटर को बताया कि उसके साथ चार लेडीज हैं तो उसने फ़ौरन उसे फैमिली रूम का रास्ता दिखा दिया। दो बड़ी मेज़। एक मेज़ पर पहले से एक जोड़ा बैठा था। दूसरे में बैठकर सिड मैन्यू देखने लगा। पता नहीं लेडीज वेज थीं या नॉनवेज। उसे तो जम कर कुक्कड़ खाना था आज। वेटर आकर पानी रख गया। दस मिनट बाद चारों वहाँ आ गयीं। लड़कियों के सिर से दुपट्टा उतर गया था। सिड थोड़ा चौकन्ना हो गया। तीनों लड़कियाँ उस अधेड़ महिला की तरह सुन्दर थीं। तेज़ नाक–नक्श, गोरा रंग, काले घुँघराले बाल। आँखों में काजल। कानों में लम्बे बुन्दे।

महिला सिड के साथ बैठी और इशारे से तीनों लड़कियों को सामने की कुर्सियों पर बैठने को कहा। महिला ने थोड़ा संकोच से कहा, 'अगर हम कुछ नानवेज मँगवा लें तो तुम्हें दिक्कत तो न होगी?'

सिड ने तुरन्त कहा, 'नहीं, आप जो चाहें मँगवा लें...मैं अपने लिए बियर मँगवा रहा हूँ... आपकी इजाज़त है न?'

महिला ने हँसकर सिर हिलाया और मैन्यू देखकर कुछ चीज़ें मँगवा लीं। लड़कियाँ सहज हो चली थीं। आपस में कुछ कह–सुन रही थीं। बहुत धीमी आवाज़ थी उनकी, जैसे चिड़ियाँ चहक रही हों।

महिला ने खाना लगते ही तीनों लड़कियों को प्लेट में सर्व करना शुरू किया। सिड ने बातचीत शुरू की, 'आप यहाँ की रहने वाली तो नहीं लगतीं? किसी काम से आयी थीं?'

महिला के चेहरे पर अजीब–सी मुस्कराहट आयी, 'जी...यही समझ लीजिए।'

'ओह। मैं कुछ ग़लत पूछ गया क्या?'

'अरे नहीं। लगता है तुम यहाँ के नहीं हो। वरना हमें देखते ही पहचान जाते।'

'मतलब?'

'नहीं समझे?'

महिला ने कुछ फुसफुसाते हुए सिड के कान के पास आकर कहा, 'वीरभद्र सेठ के घर बेटा हुआ है न, वहीं गये थे...'

'कौन हैं ये सेठ? आपके रिश्ते में कोई?'

'तुम नहीं जानते? अरे...तुम तो सही में फिसड्डी हो। हम वहाँ न्योते पे गये थे। बड़े लोग अपने यहाँ बुलाते हैं हमें ख़ास अवसरों पर। गाने–बजाने और...'

सिड का चेहरा लाल पड़ गया।

महिला ज़ोर से हँसी, 'तुम क्यों शरमा गये? ये तो हमारा काम हुआ न...'

'ये लड़कियाँ..' सिड पूछते–पूछते हकलाने लगा।

महिला फिर से हँसी, 'मेरी बेटियाँ नहीं हैं। मैं इतनी बड़ी दिखती हूँ क्या?'

सिड का मुँह खुला रह गया। नान के साथ चिकन का अगला कौर उससे खाया न गया। किसी तरह बियर के घूँट के साथ उसने खाना निगला।

लगातार उसकी नज़रें भद्र महिला पर बनी रहीं। महिला उसकी तरफ़ देखकर मुस्करा देती। अचानक महिला ने चिकन का डोंगा सिड की तरफ़ बढ़ाते हुए कहा, 'तुम तो कुछ खा ही नहीं रहे?'

सिड ने हड़बड़ाकर दो चम्मच करी प्लेट में डाल ली।

'अपना नाम नहीं बताया तुमने?' महिला की आवाज़ में नशीलापन आ गया।

'जी सिड... सिद्धार्थ...'

'मेरा नाम नर्गिस है, वैसे चाहो तो बानो साथ में लगा लो।'

सिड ने आँखें उठायीं। नर्गिस ने नज़ाकत से रोटी का एक टुकड़ा मुँह में लेते हुए कहा, 'जनाब, आप शरमाते बहुत हो।'

सिड झेंप गया। लड़कियाँ हँसने लगीं। खाने के बाद चावल की खीर मँगवायी गयी। बिल चुका कर सिड बाहर निकला तो नर्गिस ने पान की फ़रमाइश कर दी।

सिड पान की दुकान की तरफ़ बढ़ा ही था कि नर्गिस ने आवाज़ लगाकर कहा, 'मियाँ, दो–तीन कच्ची सुपारी और तीन सौ बीस का तड़का लगवा लेना।'

सिड ने सिर हिलाया। तम्बाकू वाला पान नफ़ासत से अपने हाथ में ले कर जब नर्गिस ने अपने मुँह में डाला, तो सिड बस देखता रह गया। क्या अन्दाज़ था!

गाड़ी पर बैठने के बाद नर्गिस ने पान को अच्छी तरह चुभलाया, फिर बड़बड़ाते हुए बोली, 'अच्छी मुसीबत है। रात स्टेशन पर निकालनी होगी... लाहौल विला कूवत...'

सिड ने धीरे–से कहा, 'आप किसी सेठ का नाम ले रही थीं... वहीं छोड़ दूँ?'

नर्गिस सिड की तरफ़ देख एक भौंह ऊपर कर बोली, 'कहा न, वहाँ से काम ख़त्म हो गया। अब सेठ कौन, तू ख़ामखाँ... समझे?'

सिड दो मिनट ख़ामोश रहा, फिर धीरे–से बोला, 'तो बताइए आपको कहाँ छोड़ दूँ?'

'जहाँ जी करे आपका।' नर्गिस बोल कर हँस पड़ी।

सिड सोचने लगा। सही है, नर्गिस और ये तीनों परियाँ रात प्लेटफॉर्म पर कैसे बितायेंगी? वहाँ तो बैठने को जगह भी नहीं है। उसने बिना कुछ सोचे–समझे कह दिया, 'मैं यहाँ गेस्ट हाउस में रहता हूँ। दो कमरे रहने लायक हैं। एक में मैं रहता हूँ। मैं केयरटेकर से कहूँगा, वह दूसरा कमरे खोल देगा। रात आप वहाँ रहिए, सुबह स्टेशन निकल जाइए... अगर आपको दिक्कत न हो... '

नर्गिस सिर हिलाती हुई बोली, 'देखो भई, हमें तो दिक्कत न होगी। तुम अपना देख लो...'

सिड ने गाड़ी स्टेशन की बजाय गेस्ट हाउस की तरफ़ घुमा ली। जब इन्हें दिक्कत नहीं है तो उसे क्यों होगी? एक रात की बात है। सब औरतें एक कमरे में सो जायेंगी...

इस बार नर्गिस सिड के बाजू वाली सीट पर कुछ हक़ से पसर कर बैठ गयी। जूड़े से पिन निकालकर बाल खोल लिए। बालों से आती मदमाती नशीली ख़ुशबू। सिड को लगा वह बेख़ुद हो रहा है। किसी तरह ड्राइव कर वह गाड़ी गेस्ट हाउस तक ले आया।

नानू वैसे तो रोज़ रात आठ के क़रीब सोने चला जाता था, गनीमत थी कि वह जगा हुआ था। सिड के साथ अप्सराओं को देख वह चौंका। उसने कुछ तेज़ आवाज़ में पूछा, 'साहब, ये लोग कौन हैं?'

'मेहमान हैं मेरे। दूसरा वाला कमरा खोल कर सफ़ाई कर दो। कुछ एक्स्ट्रा गद्दे डाल देना। जल्दी...।'

बरामदे में बेंत की कुर्सियाँ पड़ी थीं। नर्गिस के बैठते ही लड़कियाँ भी कुर्सी खिसकाकर बैठ गयीं।

नानू साथ वाला कमरा खोल कर गद्दे झाड़ने लगा। वहीं से तेज़ आवाज़ में उसने कहा, 'सर जी, एक ठो बात बोलनी है। इधर पधारियेगा?'

सिड दरवाज़े के सामने आ गया। आवाज़ में सख़्ती थी, 'बोल...'

'सर जी, इधर बिना परमिशन के गेस्ट लोगों का एंट्री नहीं है। आप बोलें तो...'

सिड झल्लाकर बोला, 'तुम क्यों परेशान हो रहे हो? मेरे गेस्ट हैं। काम करो और निकलो यहाँ से।'

केयरटेकर ने अजीब नज़रों से सिड की तरफ़ देखा। बिस्तर पर रज़ाई और तकिए छोड़कर निकल गया।

सिड बरामदे में आ गया। लड़कियाँ सामान उठाकर कमरे में चली गयीं। नर्गिस बैठी रही। हाथ के इशारे से सिड को बैठने को कहा–

नर्गिस ने अपनी कुर्सी सरकाकर सिड के पास कर ली। सिड सकपकाया। नर्गिस हँसने लगी, 'अरे... तुम तो सच में बड़े भोले हो...'

हँसते–हँसते नर्गिस की आवाज़ गम्भीर हो गयी, 'देखो भई, हम किसी

का उधार नहीं रखना चाहते। तुमने हम सबकी ख़ातिरदारी की, खिलाया, रात को सोने की जगह दी, हम आपका एहसान उतारना चाहते हैं। और कुछ तो है नहीं हमारे पास। हमें तो वही देना आता है, जो हमारा पेशा है। तुम चुन लो किसी एक को–आज रात के लिए...'

सिड सकपकाया, उसे समझ नहीं आया। नर्गिस ने हक़ से उसकी जाँघ पर हाथ रखकर कहा, 'समझे नहीं? बुलाऊँ तीनों को? जो तुम्हें अच्छी लगे, उसके साथ...'

सिड का चेहरा लाल हो गया। दो मिनट के लिए समझ नहीं आया। साँसें तेज़ चल रही थीं। नर्गिस का हाथ अब भी उसके ऊपर था। नर्गिस ने धीरे–से अपना हाथ हटाकर ताली बजायी। तीनों लड़कियाँ कमरे से बाहर निकल आयीं।

तीन अप्सराएँ। लचकती, बलखाती, मुस्कराती सिड के सामने खड़ी थीं।

सिड का दिल उछला। क्या बुराई है? उसने तीनों को नज़र भर कर देखा। फिर नर्गिस की तरफ़ चेहरा घुमाकर कहा, 'आप एहसान क्यों उतारना चाहती हैं? रहने दीजिए...' लेकिन कहने के बाद उसे लगा कहीं नर्गिस उसकी बातों को गम्भीरता से न ले ले।

'एहसान तो है बाबू? मौक़ा है, माहौल है। मैंने कहा न, कभी किसी का उधार नहीं रखती सिर पर। देर न करो। सुबह जल्दी जाना है।'

सिड ने एक बार फिर सबको देखा, फिर नर्गिस के कान के पास जाकर फुसफुसाकर बोला, 'आप ही क्यों नहीं आ जातीं?'

नर्गिस ने एक हाथ से उसे पीछे धकेलते हुए कहा, 'अरे जाओ। हम कहाँ, ये कहाँ! मेरी क्या उम्र रह गयी अब? चलो, मैं ही चुन देती हूँ। निखत... '

नाम लेते ही एक बिल्लौरी आँखों वाली कमसिन–सी अप्सरा सामने आयी। नर्गिस ने आँख के इशारे से बाक़ी दोनों लड़कियों को कमरे में जाने को कहा। निखत का हाथ सिड के हाथों में देते हुए कहा, 'जाओ, मज़े करो...'

सिड को अजीब लग रहा था। उत्तेजना से सीने की धड़कन बढ़ी हुई थी। इस तरह, इस नामाकूल से क़स्बे में एक शाम उसे अप्सरा का साथ मिलेगा, सपने में भी न सोचा था।

निखत कमरे में जाते ही बिस्तर पर कुछ यूँ बैठ गयी, जैसे सालों से यही करती आयी हो। सिड की तरफ़ देखते हुए उसने अपना दुपट्टा उतार कर जमीं पर फेंक दिया। गरारे में पाँव उलझ रहे थे इसलिए उठा कर घुटनों से ऊपर कर लिया। संगमरमरी पाँवों में चाँदी की पाजेब। उसे देखता पा कर वह पैरों से पायल बजाने लगी।

सिड उसकी तरफ़ बढ़ आया। पास आते ही निखत ने हाथ पकड़कर अपनी तरफ़ खींच लिया। सिड इसके लिए तैयार नहीं था। वह झटके से निखत पर गिर पड़ा। निखत हँसने लगी। उसके दाँतों के बीच से झिलमिलाती हँसी। सिड रोक नहीं पाया। दोनों बाँहों में उसने अप्सरा का कोमल–सा बदन कस लिया। दोनों बहुत पास थे। सिड ने निखत के चेहरे पर फैले बालों को फूँक मार कर हटाया और अपने होंठ उसके होंठों पर रख दिये।

निखत की आँखें बन्द थीं। सिड के होंठ उसके चेहरे से होते हुए नीचे उतरने लगे। गर्दन, कुर्ते को नीचे सरकाकर दिल की धड़कन तक।

निखत के शरीर में हलकी–सी हरकत हुई। सिड की बाँहों का ज़ोर ढीला पड़ते ही वह उठी और उसने नफ़ासत से पहले अपना कुर्ता उतारा और फिर गरारा।

बस, नीचे उसने कुछ नहीं पहन रखा था। सिड के सामने अपने आदिम रूप में खड़ी थी अप्सरा। धीरे–से ट्रेपेज आर्टिस्ट की तरह पंजों के बल चल कर वह पलँग तक आयी और सिड का हाथ पकड़ कर अपने सीने पर रख लिया। हलके से उभरे वक्षों पर अपना सिर छुपाते हुए सिड ने लम्बी साँस भरी। निखत ने कब उसके कपड़े उसके शरीर से अलग किये, याद नहीं।

वह तो बस रसरंग की ऐसी दुनिया में डूबा जा रहा था, जहाँ इससे पहले कभी नहीं गया था। निखत की कमसिन–सी देहयष्टि में इतनी लचक होगी, सोचा न था। वह माहिर थी अपने पेशे में। सिड देर तक उसके शरीर के पोर–पोर को चूमता रहा और दोनों अन्दर–बाहर भीगते रहे। कभी अपने ऊपर बिठा कर तो कभी स्वयं उसकी नाज़ुक देह के ऊपर।

निखत के शरीर में हलकी–सी हरकत हुई, जब उसने अपनी दो उँगलियों से स्वर्ग के कपाट खोले। हल्की–सी सरसराहट। पैरों में कम्पन। सिड उत्तेजना से पूरी तरह सराबोर था। रुका नहीं गया। झटके में द्वार में प्रवेश कर गया। हाँफते हुए, कराहते हुए, आनन्द में डूबते–उतराते

हुए। आनन्द से उफनते हुए मन–ही–मन कहा, इससे पहले ऐसा अनुभव कभी नहीं हुआ। शारीरिक सन्तुष्टि का चरम, न इससे आगे कुछ, न पीछे कुछ। बस, जो कुछ है इसी क्षण में है...

कुछ वक़्त तक सिड न हिला न डुला। उसके सीने पर सिर रख कर निखत बेख़बर सो रही थी। कुछ वक़्त बाद जब निखत ने करवट बदली तो सिड धीरे–से उठा। हलके क़दमों से चल कर उसने कपड़े पहने। दरवाज़ा खोला और बाहर निकल आया।

इस समय सिगरेट पीने की ज़बर्दस्त तलब हो रही थी। बरामदे में हलकी–सी रोशनी थी। ऐसा लगा एक साया उसे देख सिमट–सा गया है। पास गया, तो कोई नहीं था। मन में यह ख़याल भी आया कि नर्गिस का फ़ोन नम्बर लेना चाहिए, क्या पता आगे कैसी ज़रूरत पड़े। सिड ने इधर–उधर झाँक कर देखा। इस समय मन कर रहा था नर्गिस से मिलने का, उससे बातें करने का।

बरामदे में कोई नहीं था। सिगरेट पीने के बाद सिड को प्यास लग आयी। सामने रखे जार में से उसने घूँट–घूँट करके पानी पिया। कुर्सी पर टिक कर बैठा तो पता नहीं किस नशे में था, उसकी आँख लग गयी। जैसे बेहोशी में सो रहा था। नींद में उसने टुकड़ों–टुकड़ों में कई सपने देखे। एकबारगी तो ऐसा लगा जैसे नर्गिस उसके बहुत पास आ गयी है, वह टटोल रहा है उसे। अंग–प्रत्यंग। उसकी त्वचा मुलायम है। मलाई की तरह। उसने अपने होंठों से चख लिया है, मीठा–सा स्वाद। अब उसके होंठ नर्गिस के होंठों को चूम रहे हैं, देर तक। पहाड़ी झरने सा स्वाद। नर्गिस खुद उसका हाथ थाम अपने शरीर के हर हिस्से को छू रही है, वह लम्बी साँसें ले रहा है, नर्गिस के खुले बालों में धँसा है उसका चेहरा। ओह, बेताबी से पाना चाहता है उसे, वह मचल रहा है, तड़प रहा है, नर्गिस छेड़ रही है उसे। क्यों नहीं वह जकड़ पा रहा उसे? क्यों वह उसकी बाँहों के सख़्त घेरे से फिसल–फिसल जा रही है? सिड ने आख़िरी कोशिश की। नर्गिस उसे दूर धकेल रही है। मुझे रोको मत, प्लीज़, प्लीज़, समा जाने दो तुममें। नर्गिस... वह चीख़ रहा है।

अचानक से आँखें खुलीं तो ऐसा लगा एक साया अभी–अभी उसके पहलू से निकलकर हवा हो गया हो।

पसीना–पसीना हो रहा था। ओह, नर्गिस इस क़दर तारी हो गयी है उस पर।

मन कर रहा है, उठकर अपने कमरे में जाकर सो जाये पर अजीब बेहोशी है। पैर जैसे उठने से मना कर रहे हों। सिड ने आँखें बन्द कर लीं। यह मनाते हुए कि अबकी जब आँख खुले तो नर्गिस ख़ुद सामने हो।

आँख खुली... चौंकते हुए उठा। कमर में ज़बर्दस्त दर्द। काफ़ी सुबह हो चुकी थी। किचन से खटर–पटर की आवाज़ आ रही थी।

सिड ने केयरटेकर नानू को आवाज़ लगायी।

नानू ने वहीं से कहा, 'जी सर जी, चाय लाऊँ?'

सिड ने चिल्लाकर पूछा, 'वो लोग उठ गये... गेस्ट जो कल रात आये थे?'

'पता नहीं सर जी। इधर तो किसी को देखा नहीं?'

'अरे जगाओ भई। उनकी ट्रेन है...'

नानू के आने से पहले सिड हड़बड़ाकर उठ गया। कहीं उसके कमरे में निखत को न देख ले पट्ठा।

अपने कमरे में पहुँचकर उसने लाइट जलायी। बिस्तर बना हुआ था। रात के कोई निशाँ नहीं, कोई दास्ताँ नहीं। उसने परदा हटाया। कमरे में कोई नहीं था। अब याद आया, रात निखत ने उससे एक शब्द नहीं कहा था...

बाहर निकलकर उसने दूसरे कमरे का दरवाज़ा खटखटाया। पहले हौले से, फिर तेज़। कमरा बन्द नहीं था, खुल गया। कमरा खाली था!

कहाँ चली गयीं सबकी सब? गयीं तो कैसे गयीं? कहीं रात वाली वैन तो नहीं आ गयी? हो सकता है नर्गिस ने फ़ोन कर दिया हो...

सिड ने गेस्ट हाउस के कई चक्कर लगाये। थोड़ी दूर तक जाकर देख आया। नानू उसे बुलाने आया, नाश्ते के लिए।

सिड का मन हुआ, फैक्टरी जाने से पहले स्टेशन जाकर देख ले। कहीं ट्रेन फिर से लेट न हो गयी हो। हो सकता है, वहीं हों सब। वह कम–से–कम नम्बर तो ले ही सकता है उनसे।

नहाते–नहाते उसने तय कर लिया कि उसे फ़ौरन स्टेशन जाना चाहिए। शॉवर बन्द कर, गीले बदन उसने जैसे–तैसे कपड़े पहने और नानू की नाक के ठीक नीचे से गाड़ी की चाबी ले कर फुर्र हो गया।

कल रात के अँधेरे में जो रास्ता उसे वीराना लग रहा था, आज उजाले में ट्रैफिक से भिनभिनाता कोई पुराना मिठाई का टुकड़ा लग

रहा था। सिड झल्लाने लगा। बार–बार स्टीयरिंग व्हील पर हाथ मारने लगा।

रास्ते से मोटरसाइकिल, साइकिल, टैम्पो, बकरियों को हटाते हुए वह स्टेशन के सामने पहुँचा। रात के अँधेरे में जो स्टेशन उसे जर्जर, धराशायी, पुराना, ढहा हुआ लग रहा था; इस समय साफ़, धुला हुआ, नये ज़माने का लग रहा था। स्टेशन के आगे करीने से टैम्पो लगे थे। लाइन में कुली खड़े थे। गाड़ी घुमाकर वह स्टेशन के एकदम सामने ले आया। उसकी नज़र सामने चमकते हुए रेस्तराँ पर पड़ी।

उसे रुका देखकर लपककर एक कुली उसके पास पहुँचा। सिड ने चौंककर उसकी तरफ़ देखा। कल रात कुली धोती–कुर्ते में था जबकि इस समय उसके सामने एक जवान–सा लड़का कुली के यूनिफॉर्म में था।

सिड के मुँह से घरघराती हुई आवाज़ निकली, 'भाई, यहाँ कोई दूसरा स्टेशन है क्या? जो थोड़ा पुराना दिखता है?'

कुली ने सिर हिलाया, 'साब, यहाँ तो कोई दूसरा स्टेशन नहीं है। चालीस किलोमीटर की दूरी पर नयापुर का स्टेशन है थोड़ा पुराना। क्या हो गया साब?'

'मुगलसराय जाने वाली ट्रेन छूट गयी?'

'कौन–सी ट्रेन?'

'वो जो कल रात आने वाली थी, लेट चल रही थी?'

कुली चौंककर बोला, 'साब, आपने कुछ ग़लत सुन लिया। यहाँ से मुगलसराय के लिए ट्रेन ही नहीं जाती। सालों पहले, हमारे दादा के टाइम पर मीटर गेज ट्रेन जाती थी उस तरफ़। अभी तो आपको वहाँ जाने के लिए झाँसी से ट्रेन लेना होगा। आपको जाना किधर है?'

सिड ने कुछ कहा नहीं। समझ नहीं आ रहा था, रात उसने जो स्टेशन देखा था, वो गया कहाँ? नर्गिस मुगलसराय ही तो कह रही थी। या उसने ग़लत सुना?

उसका मोबाइल फ़ोन बज रहा था। मिस्टर बनर्जी उसे दो कॉल कर चुके थे। सिड के फ़ोन उठाते ही कुछ अधीर स्वर में बोले, 'सर, ह्वेयर ऑर यू? फैक्टरी के ओनर मीटिंग में वेट कर रहे हैं आपका। यू मस्ट कम इमीडियटली... '

'आ रहा हूँ,' कहकर सिड ने फ़ोन काट दिया।

कुछ मिनटों तक सिड स्टेशन को घूरता रहा, शायद कहीं नज़र आ जायें, नर्गिस और उसकी अप्सराएँ। बहुत मुश्किल से गाड़ी घुमाकर वह

रोड पर आया। इस समय दिमाग़ भन्नाया हुआ था। नर्गिस ने उससे झूठ क्यों कहा? सुबह उससे बिना मिले चली क्यों गयी?

मन बेचैन था, तन में तड़प थी। उसने आह भरी। कौन थीं वे अप्सराएँ? कहाँ मिलेंगी?

मन नहीं था, फैक्टरी जाने का, पर ज़रूरी मीटिंग थी, आज फाइनल डील होनी थी–ओनर और उसके बीच। बस और एक–दो दिन। इसके बाद लौट जायेगा अपने घर। अपनी पत्नी के पास।

मिस्टर बनर्जी फैक्टरी के बाहर खड़े थे, उसे देख दौड़ते हुए आये, 'सर, आपको इतना देर कैसे हो गया? '

सिड ने कुछ कहा नहीं। मीटिंग में सब कुछ तय था। फैक्टरी के मालिक का बेटा लन्दन से आया था डील के काग़ज़ात साइन करने। सिड से हाथ मिलाने के बाद उसने कहा, 'दस मिनट में मीटिंग ख़त्म कर दो ब्रो। मुझे आज ही दिल्ली लौटना है। बस कहाँ साइन करना है बताओ।'

साइन करते ही सब ताली बजाने लगे। हो गया फैक्टरी का सौदा। मिस्टर बनर्जी ख़ुश दिख रहे थे। सिड के हाथों में चाय का कप देते हुए कहा, 'चलो, काम पूरा हुआ। गुड। एवरीवन कैन गो होम।'

सिड ने सिर झटकते हुए कहा, 'हाँ, मैं सोच रहा हूँ कल–परसों निकल जाऊँ। बनर्जी, जाने से पहले मुझे एक बार यहाँ कोई वीरभद्र सेठ रहते हैं न, उनकी हवेली में जाना है...उनके घर रीसेंटली बेटा हुआ है न?'

बनर्जी के हाथ से चीनी मिट्टी का चाय का कप नीचे गिर गया।

सिड ने उसकी तरफ़ देखा। बनर्जी बड़बड़ाते हुए रूमाल से अपना शर्ट पोंछ रहा था।

'व्हाट हैपेन मिस्टर बनर्जी? गर्म चाय गिरा ली अपने ऊपर?'

बनर्जी ने तुनककर उसकी तरफ़ देखा, 'सर, कौन–सा सेठ का नाम लिया?'

'वीरभद्र... हाँ, यही तो नाम बताया था...'

'आय डोंट नो... विच वीरभद्र यू आर टॉकिंग? इधर एक वीरभद्र रहता था, वो मालिक का बेटा मिला था न अभी... वो उसका ग्रेट ग्रेंडसन है। आर यू टॉकिंग अबाउट समवन एल्स? सेवेंटी–एटी इयर्स पहले उधर सेठ फैमिली रहता था। ही डाइड ऑलमोस्ट द सेम टाइम। सेठ का ही फैक्टरी है ये। उनका सन, ग्रेंडसन और अब ग्रेट ग्रेंडसन का प्रॉपर्टी...'

सिड चौंका, 'और वह उनकी हवेली? वह कहाँ है?'

'सर, हवेली तो इधर एक ही है। सेठ का हवेली। अपना कम्पनी का गेस्ट हाउस। जिधर तुम अभी स्टे करता है। इधर का साइड में एक स्टोरी बहुत फेमस है... चार जनानी भूत लोगों का... तुमने भी सुना क्या वो स्टोरी?'

सिड का दिमाग़ घूमने लगा। उसके चारों तरफ़ अजीब–सी जानी–पहचानी ख़ुशबू फैलती जा रही थी। चाय का कप नीचे रख वह तेज़ी से बाहर निकल गया...

गलियाँ यहाँ ख़त्म नहीं होतीं

अप्पा जी बहुत ग़ुस्से से अपना बाबा आदम के ज़माने का छाता ले कर मारने लपके। अम्मा न होती तो शायद सिर ही फूट जाता। पुराने छाते में न सही, अप्पा की बाजुओं में तो दम था।

सुनेत्रा पीछे की तरफ़ हटी और दीवार से जा चिपकी। अम्मा की आवाज़ तीखी और तेज़ थी, 'बेटी को मारोगे क्या? उसकी बात तो सुन लो।'

अप्पा जी भड़क गये, 'क्या बचा है सुनने को? तुम्हारी सोशल वर्कर बेटी सीना तान कर कह रही है कि वो ऑटो चलाने वाले से शादी करेगी, उसके साथ धारावी की खोली में रहेगी, मैं चुपचाप सिर हिला दूँ? रास्कल, राउडी, कोन्नुड़वेन...'

शंकर बिल्डिंग के नीचे खड़ा था, अच्छा हुआ, ऊपर नहीं आया। वरना अप्पा जी उसके ऊपर तो निश्चित ही छाता–वाता कुछ भी चला देते।

अप्पा ने लम्बी साँस ली और कुर्सी पर टिक कर बैठते हुए बोले, 'सुनेत्रा, नाउ देट यू हेव टेकन अ डिसीजन, यू मे लीव माय हाउस!'

अम्मा की आवाज़ दब गयी, 'एकलौती बेटी है, आप इसे घर से जाने को कैसे बोल सकते हैं?'

अप्पा ने ज़ोर से कहा, 'इस लड़की को मेरे घर में रहना है तो मेरी बात माननी होगी। यहाँ इसकी मनमानी नहीं चलेगी।'

सुनेत्रा धीरे–से कमरे में आ गयी। अलमारी के ऊपर से अपना बैग पैक निकाला। पाँच–छह सूट, जीन्स, कुरतियाँ, ज़रूरी कपड़े, सर्टिफिकेट रखे, किचन में जाकर एक गिलास पानी पिया और धड़धड़ाती हुई घर से बाहर निकल गयी।

कट टू धारावी। पॉश सांताक्रूज और कुर्ला के बीच फैली हुई झोपड़पट्टी, नाली, कारख़ानों, ग़रीबी का विशाल मेला।

शंकर ऑटो मोड़ कर एक सँकरी गली में ले आया। दोनों ओर गन्दी बजबजाती नाली, नाली में शौच कर रहे बच्चे, झोपड़पट्टी के सामने कूड़े का ढेर। सुनेत्रा का देखा है यह सब काफ़ी पहले से। पाँच साल से यहीं आती है रोज़ समाज सेवा करने।

उसने दुपट्टे से अपना सिर और नाक ढँक लिया। आदत हो जायेगी, कुछ दिनों में।

शंकर ने एक पुरानी–सी दिख रही चाल के सामने ऑटो रोका। दोमंज़िला चाल थी। चाल के बाहर भीड़।

शंकर ने सुनेत्रा का बैग पैक अपने हाथ में लेते हुए कहा, 'तुम मेरा खोली में जाकर आराम कर लो। एक घण्टे में बाबा पहुँच रहे हैं। शाम को इधरीच चाली के सामने शादी बनायेंगे हम दोनों।'

सुनेत्रा के पीछे–पीछे शंकर आया, पहली मंज़िल पर एक कमरे का छोटा–सा कमरा। कमरे में ज़रा–सी खिड़की। नीचे बिछा बिस्तर, दो कुर्सियाँ, दीवार पर लगा 14 इंच का टीवी। बाजू में एक छोटा–सा फ्रिज। प्लेटफॉर्म पर गैस का चूल्हा और कुछ बरतन। बस, खोली ख़त्म। खोली में एक जगह थी, किचन के बाजू से लोहे की गोलाकार सीढ़ी से ऊपर जाकर अटारी जैसा कुछ। उसमें कुछ पुराने ट्रंक रखे थे और ज़मीन पर गद्दा। वही था शंकर का अड्डा। कमरे में शंकर के बाबा और भाई सोयेंगे और अटारी में शंकर और वो। ऐसा ही होता है मुम्बई में। सब एडजस्ट हो जाता है।

शंकर कमरे में उसका सामान रखकर और यह कर कि वह चार बजे तक तैयार हो जाये, बाहर निकल गया।

सुनेत्रा अपना बैग लेकर, लोहे की सीढ़ियाँ चढ़ अटारी में आ गयी। अजीब–सी गन्ध थी कमरे में। इधर–उधर फैले तकिए। सबको समेटकर उसने गद्दे पर सही से रखा। कमरे में अँधेरा था। उसने टटोल कर लाइट जला ली। हलकी–सी रोशनी फैल गयी। सुनेत्रा आँखें बन्द कर लेट गयी। आज से उसकी ज़िन्दगी बदलने वाली है। कई दिनों से उसने अपने आपको इसके लिए तैयार किया है। कुछ दिन यहाँ शंकर के साथ रहेगी, फिर सोचेगी कहाँ जाना है। दोनों मिलकर काम करेंगे, तो कुछ न कुछ तो कर ही लेंगे।

साँवले, लम्बे क़द और घुँघराले बालों वाले शंकर में कोई तो बात थी, जो वह खिंचती चली गयी थी उसकी तरफ़। पाँच साल पहले वह

सोशियोलॉजी के एक प्रोजेक्ट के सिलसिले में धारावी आयी थी। उसका मकसद था झोपड़पट्टी में रहने वाली लड़कियों को बिना कंडोम सेक्स से जुड़े ख़तरों के बारे में बताना।

पहले दिन कुर्ला स्टेशन से ऑटो लेकर वह धारावी आयी थी। शंकर ऑटो चला रहा था। धारावी पहुँचने के बाद अलियों–गलियों के संकुल को देख उसका दिमाग़ चकरा गया। शंकर उसे सही जगह तक लेकर गया। एक टीचर के घर, जहाँ धारावी की कई लड़कियाँ मुफ़्त ट्यूशन पढ़ने जाती थीं। उनमें से कुछ ऐसी भी थीं, जो रात को गली में खड़ी होकर धन्धा करतीं।

सुनेत्रा अकसर यहाँ आने लगी। शंकर कहता, जब आना हो, मुझे बता देना, मैं स्टेशन से इधर लेकर आयेगा। वरना धारावी में तुम गुम हो जाओगी।

अच्छा लगने लगा था शंकर। उसके शरीर से आती पसीने की अजीब–सी गन्ध उसे मदहोश कर देती। वह मैडम कहता था उसे। सुनेत्रा ही थी जिसने शंकर के पीछे पड़ कर एक तरह से उससे कहलवाया था कि वह भी उससे प्यार करता है। शंकर को इसमें पाँच साल का वक़्त लगा।

दिमाग़ में बहुत कुछ चल रहा था। झटके से उठकर बैठ गयी वह।

अपने बैग से शाम को पहनने के कपड़े निकालने लगी। हरे रंग का कुर्ता और पजामी। साड़ी थी तो सही उसके पास, पर जल्दी में रखना भूल गयी। कुरते पर हाथ फेरते हुए सलवटें दूर कर ही रही थी कि अटारी के कोने पर रखे जंग लगे नीले रंग के ट्रंक से झाँकता जगमग करता लाल नेट के कपड़े का सिरा पकड़ में आ गया। सरककर वह ट्रंक के पास पहुँची। उसके ऊपर अल्लम–गल्लम सामान रखा हुआ था। उठा कर नीचे रखा और ट्रंक खोलने लगी। बहुत दिनों से बन्द था शायद। चर्रमर्र करते हुए ट्रंक का ढक्कन खुला। लाल कपड़े को सुनेत्रा खींचने लगी। साड़ी... नेट पर गोटा और काँच का काम। मुलायम–सा कपड़ा। बीच–बीच में कहीं–कहीं से चिरा हुआ। सुनेत्रा के हाथ में साड़ी आ गयी। साड़ी हाथों में लेकर वह धीरे–से अटारी से नीचे उतरी। कुरता ऊपर कर सलवार के ऊपर साड़ी लपेटने लगी। सिर पर आँचल रखकर कोने में रखे आईने के सामने खड़ी हो गयी।

रोशनी कम थी, लेकिन दिख रहा था साफ़–साफ़, आईने में जो शक्ल दिख रही थी, उसकी नहीं थी। उसी साड़ी का सिर पर घूँघट किये छोटे क़द की गोल चेहरे वाली लड़की थी। नाक में नथुनी, माथे पर बड़ी–सी लाल बिन्दी, माँग में ढेर सारा नारंगी सिन्दूर। हँस रही थी उसकी तरफ़ देखकर।

सुनेत्रा आईने के सामने से हट गयी। दहशत से साँसें रुकने लगीं। झटके में साड़ी खोल दूर फेंक दी। हाँफती हुई नीचे बैठ गयी। दो मिनट बाद अपने आपको सँभालती हुई किसी तरह वापस आईने के सामने आयी। आँखें खुली थीं और आईने में भी वही थी।

बहुत देर बाद साँस में साँस आयी। दो रातों से सोयी नहीं है, शायद उसी का असर होगा। सिर झटककर वह दरवाज़ा खोल बाहर निकल आयी। उसकी खोली के बगल में वर्धा ताई रहती थीं, जो अपने घर के बाहर बड़ा–सा चकला–बेलन लेकर पापड़ बना रही थीं। वर्धा जानती थीं उसे, शंकर ने मिलवाया था। सुनेत्रा को देख पूछ लिया, 'तू आ गयी मुलगी। आजीच है न तेरी सादी? ये क्या, ऐसा सूखा मुँह लेकर क्यों खड़ी है, चाय पियेगी?'

सुनेत्रा ने हाँ में सिर हिलाया। वर्धा अपना काम समेटकर उठकर अपनी खोली में चली गयीं। सुनेत्रा उनके पीछे–पीछे अन्दर आ गयी।

शंकर की खोली की तरह ही था उनका कमरा, बस अटारी नहीं थी।

स्टोव जला कर चाय बनायी वर्धा ने। एक प्लेट में चकली और बिस्किट रखकर सुनेत्रा को स्टील के गिलास में चाय दी वर्धा ने। दोनों चाय का गिलास लेकर खोली के बाहर बरामदे में आ गयीं। कॉमन बरामदा। सामने रेलिंग। हर खोली के सामने बस दो लोगों के लिए खड़े होने की जगह थी।

सुनेत्रा ने चाय का एक घूँट भरने के बाद पूछा, 'ताई, शंकर की माँ बहुत पहले गुज़र गयी थीं न?'

वर्धा ने उसकी तरफ़ गहरी नज़र डाल कर कहा, 'मुलगी, शंकर ने तेरे को यइच बताया है न?'

'और कोई बात है क्या ताई?'

वर्धा सिर हिलाकर बोली, 'अब तो तू उसकी बायको बनने को जा रही है। तुझे सच्ची बात का पता होना चाहिए। शंकर की आई मरी नहीं थी, वो तो भाग गयी थी... इधर ही चाल में एक मास्टर रहता था, तबला–बिबला बजाता था, उसके साथ...'

सुनेत्रा चौंक गयी। सँभलकर पूछा, 'अच्छा हुआ, आपने बता दिया। बाबा ने फिर से शादी नहीं की?'

वर्धा ने नहीं में सिर हिलाया। फिर सोचकर बोली, 'जिस साल शंकर की आई भागी न, उसी बरस मैं भी अपनी बेटी के पास रहने को रत्नागिरी चली गयी थी। मेरा मरद उधर ही काम करने लगा। वो ख़त्म हो गया, पिछले बरस। तब लौटी इधर। तू ज़्यादा टेंशन नको ले। शंकर अच्छा मुलगा है। ख़ूब ध्यान रखेगा तेरा।'

सुनेत्रा ने चाय पीते हुए सिर हिलाया। अभी तक उसकी आँखों के सामने से उस छोटे क़द की माँग में सिन्दूर भरे औरत की शक्ल नहीं गयी थी। उसने धीरे–से पूछा, 'ताई, शंकर की आई छोटे क़द की थी क्या?'

'अरे नहीं रे बाबा, ख़ूब लम्बी थी, ताड़ के जैसे। कायको पूछ रही है?'

'बस ऐसे ही ताई...इस खोली में ऐसी औरत कभी रहती थी क्या?'

'मेरे को याद नहीं पड़ता। तू ये सब कायको सोच रेली है? आराम से शादी बना। कोई काम पड़े तो इधर मैं है ना...'

सुनेत्रा ने चाय पीकर कप ताई के हाथ में पकड़ा दिया। अपनी खोली में वापस लौटी तो अटारी में जाते हुए अजीब–सा डर लगा। वह दरवाज़ा खोल कर बाहर कुर्सी डाल कर बैठ गयी। आधे घण्टे बाद शंकर आ गया। फूल–माला और मिठाई लेकर। देखते–ही–देखते छोटे–बड़े लड़के जमा हो गये और चाली के सामने मण्डप–सा बनाने लगे। शंकर उसके पास आ गया। उसने लाल रंग का कुर्ता और सफ़ेद पाजामा पहन रखा था। पास आकर सुनेत्रा के होंठों को चूमते हुए उसने कहा, 'देख, हमारा सपना पूरा हो रहा है। पता है, मुझे लगता था तू शादी के लिए कभी तैयार नहीं होगी।'

'क्यों?'

'पता नहीं। तू बड़े घर की है। अलग...'

सुनेत्रा ने शंकर के होंठों पर उँगली रख दी, 'देख शंकर, आज के बाद कभी यह बात मत कहना। मैंने पहले भी कहा है, मेरे लिए बाक़ी बातों का कोई मतलब नहीं है। जो ज़िन्दगी है, साथ मिलकर जियेंगे।'

शंकर की आँखों में चमक थी। उसने सुनेत्रा को अपनी बाँहों में कस लिया।

दोनों कमरे में आ गये। शंकर ने उसके कान के पास जाकर फुसफुसाते हुए कहा, 'तू भी तैयार हो जा अब।'

सुनेत्रा तुनककर बोली, 'देख न शंकर, साड़ी रखना भूल गयी। क्या करूँ?'

'कोई वांदा नहीं। जो पहनना है तेरे को, पहन ले।'

'अच्छा यह बता ऊपर अटारी में एक पुराना सन्दूक है। उसमें मैंने एक लाल साड़ी देखी...'

शंकर ने तुरन्त कहा, 'आई की चीज़ें हैं उसमें। कभी फुर्सत से देखेंगे। अभी तेरे को साड़ी चाहिए, तो मैं ताई के घर से लेकर आता हूँ।'

दस मिनट में वर्धा ताई अपनी दूसरी पड़ोसन सन्ध्या के साथ उसके पास आ गयीं। सन्ध्या के हाथ में एक लाल और हरी धर्मावरम साड़ी थी। साथ में गोल्डन कलर की चोली। सन्ध्या मेकअप का भी पूरा सामान लेकर आयी थी। दोनों ने मिलकर सुनेत्रा को तैयार किया। सन्ध्या ब्यूटी पार्लर में काम करती थी। अपने सधे हाथों से उसने सुनेत्रा के चेहरे पर मेकअप लगाया, यू शेप की लाल बिन्दी, नाक में नथ और बालों में ढेर सारा मोगरे के फूल का गजरा।

शंकर जब उसे मण्डप में ले जाने आया, तो सीटी बजाने लगा। अपनी साड़ी को अनाड़ी की तरह सँभालती हुई सुनेत्रा बाहर आयी।

शोर के बीच कहीं से गाना बजने लगा, आज मेरे यार की शादी है। पण्डित बैठ कर जाप शुरू कर चुका था। इशारे से उसने शंकर और सुनेत्रा को बैठने को कहा।

उसने ऊँचे स्वर में मन्त्र पढ़ना शुरू किया, इहेमाविंद्र सं नुद चक्रवाकेव दंपती, प्रजयौनो स्वस्तकौ विस्वमायुर्व्यशनुताम...

पण्डित ने अचानक आँखें खोलीं, उसकी नज़रें सुनेत्रा पर टिक गयीं। लाल भकभकाती आँखें। सुनेत्रा डर गयी। कुछ तो है इन आँखों में डरावना–सा। उसने शंकर का हाथ कसकर पकड़ लिया।

शंकर ख़ुद उतावला था। उसने पण्डित जी के कान के पास जाकर कहा, 'महाराज, ज़्यादा तामझाम नहीं मँगता। जल्दी से फिनिश करो...'

पण्डित जी ने कुछ कहा नहीं। मन्त्र पढ़ते रहे और बीच–बीच में सुनेत्रा को देखते रहे। सात फेरे होते ही शंकर ने पगड़ी उतारकर लगभग चिल्लाकर कहा, 'हो गया, सँपला। मिठाई खिलाओ भई सबको। पण्डित जी को भी। पक्या, तेरे को लिफ़ाफ़ा पकड़ाया था ना पण्डित के वास्ते। किधर है?'

पक्या के हाथों से शंकर और फिर पण्डित के हाथ में पहुँच गया

एक घिसा हुआ सफ़ेद लिफ़ाफ़ा। पण्डित के चेहरे से लग रहा था वह ख़ुश नहीं हैं।

जिन्हें ख़ुश होना था, वे सबके साथ नाचने लगे थे। शंकर के दोस्त ढोल बजा रहे थे और शंकर बावलों की तरह गोविन्दा स्टाइल में नाच रहा था। सुनेत्रा की आँखों में हँसते–हँसते आँसू आ गये। आँचल से कोने से आँखें पोंछने के बाद देखा, पण्डित बिल्कुल उसके चेहरे के सामने खड़ा था। वह दो क़दम पीछे हटी, पण्डित ने फुसफुसाते हुए उसकी तरफ़ उँगली करके कहा, 'मैं रात को आयेगा तेरे पास।'

सुनेत्रा की चीख़ गले में अटक गयी। वह दौड़ती हुई शंकर के पास गयी, हाँफती हुई बोली, 'शंकर, वो पण्डित जी, ... मुझसे कह रहे हैं रात को आयेंगे... '

शंकर मस्ती में था। सुनेत्रा के कमर में हाथ डाल कर डोलते हुए बोला, 'अरे भाड़ में जाये पण्डित। वो पगला है। तू क्यों परेशान है? मैं कहाँ जाने वाला है रात को? कायको टेंशन लेती है?'

सुनेत्रा ने अपना सिर शंकर के सीने पर रख लिया। पर अभी भी उसके दिल की धड़कन तेज़ थी।

देर तक चाल के सामने नाच–गाना, खाना–पीना चलता रहा। शंकर नाचता रहा, सुनेत्रा उसको देखती रही। चाल की टीन के छत पर रात उतरने लगी, तो वर्धा ताई सुनेत्रा को अपने साथ ले आयीं। धीरे–से सुनेत्रा के कान के पास जाकर फुसफुसाकर बोलीं, 'आज तेरी फर्स्ट नाइट है न? मैंने शंकर के बाबा और भाई से कहा है मेरी खोली में सो जाने के लिए। तेरी खोली में सन्ध्या गयी है, बिस्तर बनाने को। मैं शंकर को आवाज़ देती है। बहुत हो गया नाच–गाना। अब तुम दोनों आराम करने का।'

दस मिनट में शंकर आ गया उसके पास। पसीने से तरबतर। वर्धा ताई ने उसकी पीठ पर धौल जमाते हुए कहा, 'जा नहाकर आ। ऐसे जायेगा नवरी के सामने?'

चाली के एक छोर में हैंडपम्प लगा था। वहीं से पानी भर कर लाते थे। उसके पास ही सुलभ शौचालय। इन सबकी आदत बनानी थी सुनेत्रा को।

शंकर दस मिनट में नहा–धो कर शॉर्ट्स और लाल बनियान पहन कर आ गया। वर्धा ताई ने दोनों को उनकी खोली में पहुँचा दिया। सन्ध्या ने ज़मीन पर गद्दे बिछाकर उस पर साफ़–धुला या शायद नया चादर बिछा दिया था। चादर पर मोंगरे और गुलाब के फूल बिछे थे। कमरे में

हलकी–सी रोशनी थी। शंकर ने चाली का दरवाज़ा बन्द कर सुनेत्रा को बाँहों में जकड़ गद्दे पर ले आया। सुनेत्रा ने अपनी मुसड़ आयी साड़ी खोलने की कोशिश की। शंकर ने उसका हाथ बढ़ा कर रोक दिया और धीरे–से उसकी साड़ी खोलने लगा। कमरे के ऊपर लगा चार पत्तियों वाला छोटा–सा पंखा फुल स्पीड में चल रहा था और अजीब–अजीब–सी आवाज़ें निकाल रहा था।

सुनेत्रा ने शंकर के सीने पर टिक कर कहा, 'मेरे लिए सबकुछ नया है...'

शंकर ने उसका चेहरा अपनी तरफ़ करके पूछा, 'क्या?'

'सबकुछ... तुम्हारा साथ... ये माहौल और तुम्हारे ये पण्डित जी...'

'इतना भाव नहीं देने का पण्डित को। ऐसा ही चलता–फिरता माल है। बहुत साल पहले, जब आई थीं इधर, वो बहुत आया करता था। आई को पूजा–पाठ का बहुत शौक़ था। आये दिन कभी हवन, कभी कोई दूसरा नाटक... '

'फिर?' सुनेत्रा उठकर बैठ गयी।

शंकर ने धीरे–से उसकी पीठ पर हाथ फेर कर ब्लाउज का हुक खोलते हुए कहा, 'फिर क्या? आई बहुत मानती थी पण्डित को। एक दिन बोला, मैं शादी बनाने गाँव जा रहा है। शादी बना के अपनी औरत को इधर ले आया, मतलब हमारी खोली में। उसके पास रहने को जगह नहीं थी मुम्बई में। आई बोली, कोई वांदा नहीं। अटारी में आलतू–फालतू सामान पड़ा है। साफ़ करके उधर रह ले बायको के साथ।'

शंकर रुक गया। उसके हाथ सुनेत्रा के वक्ष टटोलने लगे। सुनेत्रा चिहुँकी। शंकर ने ब्रा का हुक खोल उसके वक्ष पर अपने होंठ लगा दिये।

सुनेत्रा ने उसे हलका–सा धकेलकर कहा, 'पूरी बात तो बताओ...'

'तुम उस भैंचो पण्डित के चक्कर में हमारा सुहागरात काय को बर्बाद कर रही है?'

'शंकर, प्लीज़, बताओ न... '

सुनेत्रा के सीने से सिर हटाकर शंकर हाँफते हुए बैठ गया। सुनेत्रा उसकी गोद में सिर रखकर लेट गयी और शंकर के हाथ को चूमते हुए बोली, 'ऐसे ही पूछ रही हूँ। वह आदमी थोड़ा अजीब लगा...'

शंकर ने सिर झटककर कहा, 'मैंने आई को बोला था, अजीब है पण्डित। पर आई किसी की सुनती कहाँ थी? पण्डित अपनी वाइफ़ को

लेकर आया, अखा रात इधर रहे। नेक्सट डे सुबह वाइफ रेल के नीचे आकर खल्लास हो गयी...'

सुनेत्रा एकदम से उठकर बैठ गयी, 'मर गयी? क्यों?'

'पता नहीं जानू। चाली के लोग बोलते थे पण्डित ने उसको मार डाला। आई बोलती थी, लड़की थोड़ी क्रेक थी। आई जितना टाइम रही, पण्डित इधर आता था। अभी तो वो चाली के लोगों का शादी–वादी करके अपना बिज़नेस चलाता है। मैंने नहीं, वो पक्या ने बुलाया था उसको... '

'कैसी दिखती थी उसकी वाइफ़?'

'मैंने देखा नहीं... मैं मुम्बई से बाहर था तभी... आई बताती थी नाटे क़द की थी, गाँववाली छोरी टाइप... क्यों पूछ रही है?'

सुनेत्रा के शरीर में सिहरन–सी हुई, शंकर से लिपटती हुई बोली, 'डर लग रहा है...'

शंकर ने सुनेत्रा का माथा चूम लिया और धीरे–से बोला, 'मैं हूँ न... अच्छा चल अभी, ये बात छोड़। कोई अच्छी बात करते हैं।'

सुनेत्रा ने सिर हिलाया। पास रखी बोतल से पानी पिया, शंकर को भी पिलाया। दोनों चुपचाप एक–दूसरे से लिपटकर लेट गये। धीरे–धीरे शंकर के हाथों में हरकत होने लगी। उसने अपनी उँगलियों को सुनेत्रा के बालों में फिराना शुरू किया। धीरे–धीरे नीचे आती गयीं उँगलियाँ। शंकर के होंठ सुनेत्रा की पीठ से सटे हुए थे। उँगलियों की रफ़्तार तेज़ होती गयी। सुनेत्रा की आँखें बन्द थीं। शंकर ने धीरे–से सुनेत्रा का चेहरा अपनी तरफ़ किया और उसका चेहरा चूमने लगा। देर तक दोनों के होंठ मिले रहे। शंकर ने एक हाथ से अपने कपड़े खोले और सुनेत्रा के भी। दोनों की साँसें तेज़ चल रही थीं, एक हो रही थी। शंकर का एक हाथ उसकी कमर में था और एक उसके दायें वक्ष पर। गरमाहट, झनझनाहट, सरसराहट। सुनेत्रा ने अपने–आपको ढीला छोड़ दिया। इस एक पल में किसी का डर नहीं, किसी बात की चिन्ता नहीं। उसका प्यार उसके पास है, आज बस उसी में डूबना–उतरना है... दुनिया का पहला और आख़िरी सच, सबसे प्यारा सच।

शंकर हलके हाथों से नितम्ब पर हाथ फेरने लगा। दोनों इस जहाँ से बहुत दूर थे, एक होने के बहुत क़रीब।

किसी ने दरवाज़ा ज़ोर से खटखटाया। ठक–ठक। लगातार।

शंकर के मुँह से गन्दी–सी गाली निकली। इस बीच उसका मोबाइल बजने लगा। शंकर ने मोबाइल उठाया।

दूसरी तरफ़ से कोई चिल्लाकर बोल रहा था, 'शंकर भाई, जल्दी चलो। पक्या का एक्सीडेंट हो गया है।'

शंकर घबरा गया। उठकर शॉर्ट्स पहनते हुए सुनेत्रा की तरफ़ देख कर बोला, 'जानू, मैं अभी आता हूँ। तू घबराना मत। पक्या साला, यही टाइम मिला था... एक्सीडेंट करने को...'

सुनेत्रा का मुँह तकिए में धँसा था। उसे कुछ सुनायी नहीं पड़ रहा था। वह तो बस तैयार थी अपनी पूर्णता पाने को। शंकर दरवाज़ा भेड़ कर चला गया। सुनेत्रा ने करवट ली और अपना हाथ आगे किया। कहाँ चला गया शंकर, उसे यूँ प्यासा छोड़ कर।

सुनेत्रा के हाथ हवा में यूँ ही लटके थे, अपने प्रियतम की बाँहों में जाने को आतुर। दरवाज़े पर हलकी–सी आवाज़ हुई। पहचानी–सी गन्ध। सुनेत्रा का दिल धड़का। हवा में फैले उसके हाथ पर एक दबाव–सा पड़ा। एक रसीला–सा चुम्बन।

सुनेत्रा ने धीरे–से, फुसफुसाते हुए और आह भरते हुए कहा, 'जल्दी करो... मुझे भर लो अपने भीतर...'

एक आग–सी लगी थी भीतर–बाहर। अजीब थरथराहट थी। कमरे में रोशनी का एक क़तरा भी न था। शरीर को पता थीं, अपनी ज़रूरतें। कहाँ से होते हुए कहाँ जाना है।

वह हाँफ रही थी। उसके शरीर का एक–एक हिस्सा सुलग रहा था। पुरुष की तीव्र गन्ध उसे बेहोश–सा कर रही थी। शंकर कहीं चिलम लगा कर तो नहीं आया?

यह स्पर्श कठोर था, पर बेहद प्रिय था। हाँफते–हाँफते वह कुनमुनाने लगी। चरम की गति तेज़ थी और लग रहा था बस इसके आगे एक विस्फोट होने वाला है... आँखें बन्द कर वह अपनी देह की इस दैवी अनुभूति का मर्म चखने लगी। ओह... ये जो हो रहा है, क्या यह होना ही सच है? उसे याद ना रहा, कितनी देर वह अपने में विभोर रही। हलका–सा उजाला होने लगा, कुछ आवाज़ें...

उसने उठना चाहा, पर शरीर ने कुछ और ही कहा, वह करवट लेकर अपने बगल को टटोलने लगी। उसके हाथ जो कपड़ा आया,

उसे खींच कर अपने मुँह पर लगा लिया। अजीब–सी गन्ध आ रही थी कपड़े से। उसने हड़बड़ाकर आँखें खोलीं। एक क्षण को यकीं न हुआ। उसके हाथ में लाल नेट की साड़ी थी। वह चौंकती हुई–सी सतर्क हुई। इधर–उधर देखा। वो कहाँ है?

उठकर बैठी, वह अटारी में थी... रात को वह नीचे सोयी थी। यहाँ कब और कैसे आ गयी?

बालों का जूड़ा–सा बाँध, वह अटारी से नीचे उतरने लगी। शरीर में अजीब–सा नशा था... उसे चलने में दिक्कत हो रही थी, आँखें बन्द हो रही थीं। नीचे ज़मीन पर गद्दा बिछा था और उसमें फैले हुए उसके कपड़े। किसी तरह उसने साड़ी बाँधी।

अजीब–सी थरथराहट थी शरीर में। कुछ समझ नहीं आ रहा था। कहाँ है, क्यों है, क्या हो रहा है...

उसे अपने चारों तरफ़ यह जो दुनिया दिख रही है, वह ऐसी क्यों है? धुँधली–सी याद, गाँव में मिट्टी का घर। खिड़की के पास बँधी उसकी मुँहलगी बकरी, चबर–चबर घास चबाती हुई, उसे अपने पास आने का आदेश देती हुई।

वह कहाँ है? घर के सामने बने कुएँ में पानी लेने आयी है। सर्रर्र की आवाज़ के साथ रस्सी बाल्टी को लेकर कुएँ में उतर रही है।

दूर से आवाज़ आ रही है, 'श्यामा, पानी लाने में इतनी देर काहे लगा रही है? जल्दी कर...'

दादी की आवाज़। वह नहीं सुन रही। उसे दादी की कोई बात नहीं सुननी। ज़बर्दस्ती उसकी शादी करवा रही हैं। उम्र में कितना बड़ा दिख रहा है। दादी को किसी तरह बोझ उतारना है। बोझ ही तो बन गयी है वह बाबा के गुज़रने के बाद।

थके पैरों से वह लौट रही है घर के अन्दर। दोनों हाथों में पानी से भरी बाल्टी है। दादी सुपारी तोड़ रही हैं। उनके सामने पण्डित बैठा है।

श्यामा को देख उसने अपनी आँखें उस पर गड़ा दी हैं।

तो इसी से ब्याह होने वाला है उसका... श्यामा दो पल ठहर नहीं पायी। आँचल मुँह में रखकर अन्दर भाग गयी। डर लगता है उसे इस आदमी से। कितनी भक्क लाल आँखें हैं।

'दादी, मैं शादी नहीं करूँगी,' श्यामा की आवाज़ बकरी से भी निरीह थी।

'देख श्यामा, पण्डित जी ने तेरी कुण्डली देखी है। तेरे ग्रह सही नहीं

हैं, राहू–केतु की वक्री दृष्टि है। पण्डित है, वो सँभाल लेगा।'

श्यामा रोती रही। उसे पता है, उसके अन्दर कोई और आकर बैठ जाता है अक्सर। उसका शरीर जलने लगता है। रातों को वह उठकर कुएँ की मुँडेर पर आकर बैठ जाती है। कई बार तो कुएँ से ठण्डा पानी निकालकर नहाने लगती है।

सुबह वह कुएँ के पास बेहोश मिलती है। दूध दुहने वाला भोलू उसे उठाकर आँगन में पड़ी चारपाई पर लिटा जाता है। भोलू दादी से कहता है, 'माई, अंगारा है ये लड़की... हाथ लगाओ, जलने लगता है...'

दादी के माथे पर एक ओर सलवट पड़ जाती है। जानती है सबकुछ श्यामा। पर क्या करे? उसके हाथ में तो जैसे कुछ है ही नहीं। बस, एक बार शरीर की आग बुझ जाये...

क्या पण्डित बुझा पायेगा...

नन्ही–सी क़द–काठी है श्यामा की। नाक में नथ। पण्डित ने माँग में नारंगी सिन्दूर भर दिया है। बस एक ही चीज़ साथ में लाया है लाल रंग की साड़ी। ऐसा लग रहा है मच्छरदानी से बनी हो। जालीदार।

सिर पर पल्ला रखा नहीं जा रहा। धीमे क़दमों से चल रही है वह पण्डित के पीछे। पहली बार अपने गाँव से आयी है मुम्बई। दो दिन ट्रेन का सफ़र। दादर स्टेशन से पैदल उसे धारावी लेकर आया है पण्डित। बदबूदार नालियों के बीच एक दो मंज़िला चाल के सामने रुकता है। श्यामा की निगाहों में डर है, शरीर थरथरा रहा है। बहुत देर हो गयी है उसे खड़े–खड़े। वह अब काँपने लगी है। पण्डित उसे चाल के अन्दर ले कर जाता है। कुछ चेहरे हैं आसपास। वह किसी को नहीं देख पा रही। चाल के अन्दर सँकरी–सी सीढ़ियाँ हैं। पण्डित इशारा करता है ऊपर जाने का। वह सहमती हुई, गिरती–पड़ती सीढ़ियाँ चढ़ रही है। लाल साड़ी का पल्ला सँभल नहीं रहा, कभी घूँघट सँभाल रही है, तो कभी पैर के नीचे फँसती साड़ी।

पण्डित उसके पीछे चला आता है। एक हाथ में पानी की बोतल है, दूसरे में खाने को समोसा। श्यामा मना कर देती है। भूख नहीं है। भूख तो बस एक ही लगी है... पण्डित ज़मीन पर चादर बिछाता है। कहता है, 'सो जाओ... सुबह पूजा है... जल्दी उठ जाना...'

वह उठकर जाने लगता है। श्यामा लपककर उसका हाथ पकड़ लेती है, कहना चाहती है बकरी की तरह मिमियाते हुए, लरजते हुए, मुझे छोड़कर मत जाओ। डर लग रहा है...

श्यामा को एहसास होने लगा है कि उसके भीतर छिपी दूसरी स्त्री मुखर होने लगी है। वह लाचार नहीं है, दयनीय नहीं है। स्वाभिमानी है। वह लपककर पण्डित का हाथ पकड़ अपनी तरफ़ खींच कर कहती है, 'पहले मेरी प्यास बुझाओ। सदियों से जल रही हूँ मैं...'

पण्डित उसे धक्का देकर कहता है, 'चुड़ैल कहीं की। देख तेरी आग कैसे बुझाता हूँ। हुड़...'

पैर से लात मार कर पण्डित धड़धड़ाते हुए सीढ़ियाँ उतर जाता है।

श्यामा रोती नहीं। बिसूरती नहीं। वह श्यामा कहाँ रही? वह तो आग में जलती हुई एक चुड़ैल है! इस आदमी की यह हिम्मत?

अपने दोनों हाथों से उसने अपनी साड़ी फाड़ डाली। सिन्दूर पोंछ डाला। हाथों में छन–छन कर रही काँच की चूड़ियाँ फोड़ डालीं।

गर्म होने लगा है उसका शरीर। उसे नहाना है ठण्डे पानी से... या... वह धीरे–से सीढ़ियाँ उतरती है। कमरे में अँधेरा है। सो रहे हैं सब। सो रही है दुनिया। वह दरवाज़ा खोल कर चल पड़ी है बाहर। आँखों से बहता काजल, पुँछा सिन्दूर, ज़मीन पर टहलता आँचल। वह चलती जा रही है. .. कैसे बुझाये अपनी अगन... कहाँ ढूँढ़े पण्डित को। चलते–चलते महसूस होने लगा है कि उसके अन्दर की चुड़ैल घर में ही रह गयी। उसकी लाल साड़ी में क़ैद। धीरे–धीरे शरीर शान्त होने लगा है। अब उसे किसी की ज़रूरत नहीं। शरीर निर्लिप्त है, शान्त। कहीं कोई आग नहीं, कोई इच्छा नहीं, कुछ पाने की चाहत नहीं। जो थी, उस चुड़ैल की थी।

उसकी चाल धीमी होने लगी है। न कुछ दिखाई दे रहा है न सुनाई। रेल की पटरी पर चली जा रही है वह। ट्रेन से टकराने से पहले बस मन में एक ही ख़याल आया... चुड़ैल... मेरा बदला ज़रूर लेना...

ज़ोर की अँगड़ाई ली सुनेत्रा ने। अपने अन्दर कुछ हलचल–सी होने लगी। कोई तो है, जो हँस रहा है, उसके भीतर। जलने लगा है शरीर। दरवाज़ा खोल कर वह बाहर निकली। सामने हैंडपम्प था। वो लपककर हैंडपम्प से पानी निकालने लगी। तन–मन को भिगोने लगी। अन्दर तक।

देख नहीं पायी कि कब उसके पीछे शंकर आ खड़ा हुआ है। शंकर की आवाज़ ठण्डी थी। वह कह रहा था, 'पक्या तो ठीक है। पर सुबह–सुबह पण्डित ट्रेन के नीचे आ गया... मर गया बेचारा...'

चमेलीगढ़ की देवी

दो घण्टे पहले सलिल का यह हाल था कि वह होटल के कमरे में खिड़की के पास खड़े होकर बियर की बोतल मुँह में लगाये अपने आपको तमाम लानत–मलामत भेजता हुआ कोस रहा था। उसे क्या ज़रूरत थी इतनी ठण्ड में यहाँ आने की। दोस्त की शादी। हो सकता है सुनने में बड़ा रोमाण्टिक लगता हो, पर ऐसा है नहीं। उसके बचपन का चढ्ढी–बड्डी रोमेश, जो इन दिनों अमेरिका में ख़ासा पैसा पीट रहा था, राजस्थान के इस छोटे से शहर में एक पुरानी हवेली में डेस्टिनेशन वेडिंग कर रहा था। सलिल कोलकाता से आया था। सुबह की फ्लाइट से कोलकाता से जयपुर। फिर जयपुर से तीन घण्टे की थकाने वाली यात्रा। ऊपर से हाड़ कँपाने वाली ठण्ड। होटल पहुँचते–पहुँचते सलिल पस्त हो गया। मन कर रहा था, रज़ाई में घुस कर लम्बी तान ले। पर नहीं, उसी वक़्त रोमेश को आना था। हँसते हुए, गले लगते हुए। पीछे नगाड़े बजाते, नाचते–कूदते, मेहमानों को गले लगाने, माला पहनाने, तिलक करने को आतुर वेडिंग प्लानर की टीम के उत्साही सदस्य। रोमेश को लग रहा था इस शान–ओ शौक़त से सलिल को इम्प्रेस हो जाना चाहिए। अपना बन्दा कुछ अलग टाइप का है। ऐसी चीज़ों से वह ख़ौफ़ खाता है। ज़्यादा शोर–शराबा, बैंड–बाजा, दिखावे से दूर ही रहता है।

सलिल को ज़बर्दस्ती सबके साथ लंच पर जाना पड़ा। वहाँ भी वही नाच–गाना। आख़िरकार सलिल को अपने कमरे में जाने का मौक़ा मिला, इस शर्त पर कि शाम छह बजे वह हवेली के लॉन में पहुँच जायेगा, जहाँ आज संगीत का भव्य आयोजन होना है।

सलिल का मन कर रहा था कि सब भूल–भाल, छोड़–छाड़ कर बस कुछ घण्टे के लिए सो जाये।

भुनभुनाता हुआ वह हाथ में बियर की बोतल लिए खिड़की के पास

आकर खड़ा हो गया। शाम के चार बज रहे हैं, अगर अभी सोने गया तो खाक उठ पायेगा छह बजे।

खिड़की के बाहर हवेली का लॉन सज–सँवर रहा था। लॉन के बाहर एक फूलों का कुंज–सा बना था, बीच में झूला। झूले में सफ़ेद शरारा–कुर्ते में एक युवती। दूर से बस यही दिख रहा था, वह मस्ती में झूल रही है। उड़ रही है हवा में। अपने दुपट्टे से बेख़बर। शायद हँसती भी जा रही है। पैर जब हवा में होते हैं तो वह अपना सिर पीछे की तरफ़ बहने देती है। ऐसा लग रहा है मानो सफ़ेद झरना।

सलिल ने झाँककर उसकी शक्ल देखने की कोशिश की। एकबारगी तो लगा, चेहरा देखने के चक्कर में कहीं वह खिड़की से नीचे ही ना गिर जाये।

फ़ौरन बोतल नीचे रख, जैकेट पहन वह कमरे से बाहर निकल आया। लॉन में सलिल के पापा मिल गये। दो मिनट उनसे हाय–हैलो क्या की, लड़की झूले से उतर पता नहीं कहाँ चली गयी। सलिल देर तक इधर–उधर देखता रहा, सफ़ेद शरारे वाली को ढूँढ़ता रहा।

अब लॉन में ठण्ड उतरने लगी थी। जगह–जगह अलाव जल गये। बैरा गर्म चाय और स्नेक्स सर्व करने लगे। हाथ में मसाला चाय का कुल्हड़ लेकर वह हवेली की पिछली तरफ़ चलने लगा।

और वह नज़र आ गयी...

पोखर के पास। खिले हुए कमलों को निहारती हुई। सलिल ठिठक गया। वह कोई कमसिन लड़की नहीं थी। छरहरी देह थी, पर चेहरा थोड़ा भरा हुआ था। घुँघराले बालों को उसने अब जूड़ा–सा बना पिन खोस लिया था। आँखों में भरा–भरा काजल। हाथों में छनकती चूड़ियाँ।

सलिल पर नज़र पड़ते ही वह चहककर बोली, 'अरे, आपको कहाँ से मिल गयी चाय? कितनी देर से तलब लगी है।'

सलिल ने बायें हाथ के इशारे से कहा, 'लॉन में'। फिर पूछ बैठा, 'मैं ले आऊँ?'

'जी, अगर दिक्कत न हो...'

सलिल अपना कुल्हड़ किनारे एक पत्थर पर रखकर मिनट भर बाद दोनों हाथों में कुल्हड़ में गर्म चाय लेकर लौटा।

सलिल के हाथ से लपककर कुल्हड़ ले लिया मोहतरमा ने। लम्बा घूँट भरने के बाद साँस लेती हुई बोली, 'शुक्रिया जनाब।'

सलिल सिर हिलाते हुए सामने पत्थर पर टेक लगाकर खड़ा हो गया, 'आप यहाँ की नहीं लगतीं...'

वह हँसी। खुलकर। इस समय उसकी बिल्लौरी कजरारी आँखें हीरे–सी चमक रही थीं। उसने सिर हिलाते हुए कहा, 'हाँ, क्या करूँ? अपना वजूद छिपा ही नहीं पाती। जनाब, वैसे तो मैं पाकिस्तान से हूँ। पर मुद्दतों हो गये, वहाँ गये। अर्से से उजबेकिस्तान में रहती हूँ।'

वह ठठाकर हँस पड़ी, 'अजीब है न? और एक अजीब शय है। मेरा नाम शायरा है, पर शायरी से दूर–दूर तक वास्ता नहीं...'

कोई तो बात थी उसकी आवाज़ में। अलग थी, नशीली–सी, कहीं दूर से आती हुई।

सलिल ने धीरे–से, ग़ौर से, प्यार से उसकी तरफ़ देखते हुए पूछा, 'आप यहाँ किसकी तरफ़ से आयी हैं?'

शायरा मुस्करायी। रुककर बोली, 'एक दास्ताँ है यहाँ आने की। न मैं ब्राइड की तरफ़ से हूँ, न ग्रूम की तरफ़ से। मैं चन्द दिनों पहले इंडिया आयी थी। दिल्ली में जानने वाले थे, वहाँ रुकी थी। उनके यहाँ एक जलसे में शौक़त से मिली। जब उसने कहा कि वह वेडिंग प्लानर का काम करता है, तो मुझे ज़रा–सी भी दिलचस्पी न हुई। पर उसने जब जोड़ा कि चन्द दिनों बाद वह राजस्थान जा रहा है एक डेस्टिनेशन वेडिंग के लिए, तब मैं उछल पड़ी। मैं इंडिया कुछ तलाशने आयी हूँ। मेरे फोरफादर्स राजस्थान गुजरात से सटे एक गाँव चमेलीगढ़ में रहते थे। बचपन से अब्बा और अम्मी की जुबां से कई दास्तानें सुनी हैं। एक बार देखना चाहती हूँ, उनकी ज़मीं। सुना है यहाँ से कोई तीन–चार घण्टे का सफ़र है। वहाँ जाने के लालच में शौक़त की टीम का एक मेंबरान बन कर आ गयी।

सलिल ने सिर हिलाया, 'तो आप कब तशरीफ़ ले जा रही हैं चमेलीगढ़...'

'कल...' वह फुसफुसायी।

'लेकिन कल तो शादी है न...'

'हाँ, है तो। पर आपसे कहा न, तीन–चार घण्टे का सफ़र है। शाम तक लौट आऊँगी। शौक़त गाड़ी का इन्तेज़ाम किये दे रहे हैं... ड्राइवर हमें सुल्तानपुर तक ले जायेगा, वहाँ से पूछ लेंगे किसी से... '

'आप अकेली जायेंगी?'

'जी, जनाब। इरादा तो यही है...'

सलिल उठा, उसके साथ शायरा भी उठ गयी। लम्बी थी, सलिल से भी दो–तीन इंच। सलिल के साथ चलते हुए वह लॉन में आ गयी। दोनों वहाँ करीने से सजी कुर्सियों पर बैठ गये। गीत–संगीत का दौर शुरू हो चुका था। खाना–पीना। कुछ देर बाद जब शराब का दौर आया, तो सलिल ने हलके से पूछा, 'आप कुछ लेंगी?'

वह मुस्करायी, 'जी, वाइन पिला दें तो रूह को क़रार आ जाये...'

सलिल उठकर बार काउंटर से दो लार्ज वाइन के गिलास उठा लाया। चियर्स के बाद शायरा ने गिलास उठाया और एक साँस में खाली कर गयी।

आँखें लाल, गर्म चेहरा, थरथराती उँगलियाँ। वह हँसी और बोली, 'क्या करूँ, आदत है मेरी। रोक नहीं पाती ख़ुद को। आप भी सोच रहे होंगे कि किस क़िस्म की अफलातून ख़ातून से पाला पड़ा है...'

सलिल हँसने लगा, 'सही कह रही हैं आप। अफलातून तो नहीं, हाँ दिलचस्प ज़रूर हैं। सच कहूँ तो कुछ देर पहले तक मैं यह सोच रहा था कि मैं यहाँ क्यों चला आया। वैसे मैं रोमेश का बचपन का दोस्त हूँ। सालों पहले वादा किया था, उसकी शादी में ज़रूर आऊँगा।'

'ये तो आपने सही किया...दोस्तों के निकाह शामिल होना तो फ़र्ज़ बनता है।'

सलिल ने अचानक कहा, 'कल मैं भी चलूँ आपके साथ?'

'अरे, आप तो ठीक से मुझे जानते भी नहीं... साथ चलने की फ़रमाइश कर रहे हैं?' वह ठहाका लगाकर हँसी।

सलिल कुछ ठहर कर बोला, 'मैं दिनभर क्या करूँगा? कमरे में बैठ कर बोर होने से अच्छा है कोई नयी जगह देख आऊँ। अगर आपको आपत्ति न हो तो...'

वह अदा से मुस्करायी, 'चलिए, आप भी क्या याद करेंगे... सुबह जल्दी निकल पड़ेंगे... छह बजे के क़रीब...'

सलिल के चेहरे पर बारह इंची मुस्कान आ गयी। बाक़ी शाम और रात हसीन बीती। शायरा के साथ नाचना, झूमना, दुनिया भर की बातें करना...।

सलिल सुबह छह बजे तैयार हो कर आया, तो शायरा गाड़ी में बैठ चुकी थी। घना कोहरा था। हलके नीले रंग के शिफॉन के लम्बे कुरते और पजामे में ग़ज़ब ढा रही थी। सुबह–सुबह नहाकर आयी थी। गीले बालों

से उठती गमगमाती ख़ुशबू। उसने एक सफ़ेद शॉल ले रखा था। सलिल तो दो लेयर की जैकेट पहनने के बाद भी सर्दी महसूस कर रहा था।

गाड़ी चल पड़ी। ड्राइवर होशियार था। कोहरे से बचता–बचाता फुर्ती से गाड़ी चला रहा था। घण्टे भर बाद उसने इनोवा रोकी, एक ढाबे के सामने। कचौड़ी–आलू और चाय के सेवन के बाद वापस गाड़ी में। इस समय शायरा हलका–सा ऊँघने लगी थी। सलिल लगातार उसकी तरफ़ देखे जा रहा था। कितनी मस्त है शायरा। कितनी आसानी से घुल–मिल जाती है।

सलिल की भी आँख लग गयी। शायद एकाध घण्टे। आँख खुली तो गाड़ी के झटके से। रेगिस्तान के बीचोबीच गाड़ी हिचकोले खाते हुए रुक गयी। शायरा ने आँखें खोलीं, 'अरे, क्या हुआ?'

'गाड़ी ख़राब हो गयी मेमसाब। मैकेनिक ढूँढ़ना पड़ेगा।'

'अब क्या करें?'

'मैडम, सुल्तानपुर यहाँ से दसेक किलोमीटर आगे है। बस आपको आधे घण्टे में पहुँचा देगी। आप कुछ घण्टे बाद लौट आना। मैं यहीं मिलूँगा...'

शायरा अपना हैंडबैग उठाकर गाड़ी से बाहर निकल आयी और सलिल की तरफ़ का दरवाज़ा खोलते हुए कहा, 'किस सोच में पड़ गये जनाब? चलें? हमें शाम तक लौटना भी तो है...'

सलिल गाड़ी से बाहर निकल आया। रेगिस्तान में इस तरह बस ले कर एडवेंचर करने का मूड नहीं था उसका। अनजानी जगह, अनजाना सफ़र। उसने कहा, 'शायरा जी, मुझे लगता है गाड़ी ठीक होते ही हमें वापस लौट जाना चाहिए। यहाँ रिस्क लेना ठीक नहीं है।'

'आपका दिल तो बहुत कमज़ोर है... ऐसे मौक़े कहाँ मिलते हैं? मैं इतनी दूर से अपना आशियाना देखने आयी हूँ और आप हैं कि डर रहे हैं...'

'डर नहीं रहा... बस कॉन्शस हो रहा हूँ... आप कहती हैं तो चलिए...' दोनों चलकर बस स्टॉप तक आ गये। दस मिनट बाद सुल्तानपुर के लिए बस आयी। ठसाठस भरी हुई। आदमियों से ही नहीं, मवेशियों से भी। सलिल ठिठक गया। पर शायरा सलिल का हाथ पकड़कर झपटकर बस में चढ़ गयी। उन दोनों को देखते ही कंडक्टर ने बैठने की जगह बना दी। तीन जने की सीट पर उनके पास एक छोटी–सी बच्ची बैठी थी, गोद में एक मेमने को लिए। राजस्थानी लहँगे और कुर्ती में। शायरा उससे घुल–मिलकर बातें करने लगी। कुछ देर बाद मेमने को अपनी

गोद में ही ले लिया। सुल्तानपुर पहुँचने से पहले सलिल ने कंडक्टर को बुलाकर पूछा, 'भाई, यहाँ से चमेलीगढ़ कितनी दूर होगा?'

कंडक्टर अचकचाया, 'ऐसी तो कोई जगह इधर नहीं है साहब।'

मुसाफ़िर कानाफूसी करने लगे।

चमेलीगढ़? सुना हुआ–सा तो लग रहा है... पर कहाँ है, नहीं पता।

किसी को नहीं पता था।

दोनों सुल्तानपुर में उतर गये।

अब?

शायरा के पास इसका जवाब नहीं था। दोपहर हो गयी। शायरा वापसी के लिए तैयार नहीं थी।

'चलो न थोड़ी दूर चलते हैं। आगे शायद किसी को पता हो...'

बेमन से चल पड़ा सलिल। थक गये दोनों। आगे बस रेगिस्तान था! अचानक धूल भरी आँधी चलने लगी। मौसम बदल गया। बारिश होने लगी। एकदम से अँधेरा छा गया। दोनों भागकर पेड़ के नीचे आये। पर तब तक पूरी तरह भीग चुके थे। भरी दोपहरी में यह आलम कि सामने कुछ दिखायी न दे।

सलिल खीझ रहा था। शायरा हँस रही थी। बड़ी देर बाद पास से एक ऊँटगाड़ी गुज़री। सलिल चिल्लाया, 'भाई, आगे कोई गाँव है? सुल्तानपुर को बस कहाँ से मिलेगी? '

ऊँटवाला अपनी रौ में बोला, 'सीधा चाल पड़ो, अठे सूँ पाँच किलोमीटर आगे एक गाँव पड़ेगो, वडे पता कर लीजो...'

पाँच किलोमीटर... क्या सुल्तानपुर से इतना आगे निकल आये?

शायरा तो बरसात में भी रुकने को तैयार नहीं थी। सलिल से बोली, 'जनाब, तुम सोचते बहुत हो। ज़िन्दगी जब हमें इस मोड़ पर ले आयी है, तो लड़ क्यों रहे हो इन लम्हों से? डूबोगे तभी तो पार लगोगे... या पार पाना ही नहीं है तुम्हें...'

सलिल को समझ नहीं आया। पर यहाँ इस आँधी–तूफ़ान में रुककर भी क्या मिलना था। वह शायरा के साथ हो लिया। शायरा ने चलते–चलते हलके से सलिल का बायाँ हाथ अपने हाथ में ले लिया। ऊष्मा से भरा था शायरा का स्पर्श। वह जैसे चमत्कृत–सा होकर उसके साथ–साथ चलने लगा। अभी भी बूँदाबाँदी हो रही थी। राह एकदम सुनसान। पगडण्डी–सी।

कहीं बैठने की जगह नहीं। राह में कोई पत्थर–सा मिल गया, तो

घड़ी भर सुस्ता लिया। चिन्ता अलग कि समय पर नहीं लौटा तो रोमेश बेचारा परेशान होगा। उससे कुछ कहकर भी तो नहीं आया था।

मौसम ने ख़ासी बेईमानी कर दी। चलते–चलते पस्त हो गये दोनों। थककर चूर–चूर। अब चला नहीं जा रहा। एक तो सर्दी और ऊपर से बारिश। लग रहा था अब एक क़दम और चले तो यहीं गिर पड़ेंगे और प्राण निकल जायेंगे।

सलिल हाँफने लगा, खाँसने लगा। शायरा उसकी पीठ मलने लगी। हैंडबैग से पानी की बोतल निकालकर दो घूँट पानी पिलाया।

सलिल ने धीरे–से कहा, 'शायरा, मुझसे चला नहीं जा रहा। तुम जाओ।'

शायरा ने जैसे कुछ सुना नहीं। लपककर सलिल को अपनी बाँहों में भर लिया। अपने होंठों से उसके चेहरे पर उभर आयी बूँदें साफ़ की। सलिल की आँखें बन्द थीं। शायरा झुकी और उसके होंठों को चूमना शुरू कर दिया। शरीर में हलका–सा कम्पन हुआ। थोड़ी गरमाहट। देर तक। सलिल के शरीर में हरकत हुई, उसने शायरा को अपनी बाँहों के घेरे में कस लिया। देर तक। शायरा उसके कान के पास आकर फुसफुसायी, 'चलें?'

उसका हाथ पकड़कर चल पड़ा सलिल। ये क्या था? जो था, दैवीय था। मायावी था। इस समय यही था जो उसे ज़िन्दा रख पा रहा था। आगे टिमटिमाती रोशनी दिखी। शायरा ने उस तरफ़ उँगली उठायी। इसी समय एक और कमाल हुआ। बारिश रुक गयी।

सलिल ने घड़ी का डायल साफ़ कर देखा, शाम के साढ़े छह बज रहे थे...

शायरा रोशनी की तरफ़ दौड़ने लगी। उसके पीछे–पीछे सलिल। रोशनी का जैसे विस्तार होने लगा। टिमटिमाती रोशनी देखते–देखते एक गाँव में तब्दील हो गयी।

रोशन गाँव। ख़ूब हल्ला–गुल्ला। जैसे कोई मेला लगा हो। शायरा बच्चों की तरह ख़ुश होकर तालियाँ बजाने लगी। अजीब माहौल था। राजस्थानी परिधानों में सजे–धजे लोग, शान से निकलती ऊँट की सवारी, खेलते–कूदते बच्चे। बड़े कड़ाहों में कहीं जलेबी तली जा रही थी तो कहीं कचौड़ी। गाने का सुर मद्धम से होता हुआ ऊँचा उठने लगा। कन्धे पर पालकी लिए भीड़ चली आ रही थी, पीछे–पीछे आदमी और औरत, गाना गाते हुए। पालकी में सजी–धजी देवी की मूर्ति।

सलिल फुसफुसाया, 'लगता है, गाँव के मन्दिर में पूजा है...' 'चलो, देखते हैं।' शायरा उसका हाथ पकड़कर गाँव के अन्दर ले आयी।

सलिल ठण्ड और बारिश से बुरी तरह थक गया था। चबूतरे पर बैठते ही उसे लगा वह गिरने को है। शायरा उत्साह में थी। हाथ में जलेबी और कचौड़ी का दोना लेकर उसके सामने आ गयी, 'एकदम गरम है, खा लो...'

भूख तो सलिल को भी लगी थी। जलेबी का एक टुकड़ा शायरा ने उसके मुँह में डालते हुए कहा, 'मन्दिर के पास मुफ़्त में बाँट रहे हैं। थोड़ा और ले आऊँ?'

सलिल सिर हिलाता हुआ उठ खड़ा हुआ। अजीब–सा नजारा था। उसके आसपास से रंग–बिरंगे कपड़ों में सजे–धजे लोग गुज़र रहे थे। पैदल, घोड़ागाड़ी में। शोर। सलिल ने मुँह में कचौड़ी भरते हुए लम्बी साँस ली। शायरा उसका हाथ पकड़कर आगे बढ़ने लगी, बेतकल्लुफ़ी से, जैसे वह यहीं की रहने वाली हो।

सलिल के शरीर में हलका–सा जोश आया। अभी भी उसके कपड़े भीगे थे। हवा का झोंका उन्हें लपेट कहीं उड़ चला। सलिल छींकने लगा। शायरा ने धीरे–से कहा, 'ओफ्फोह तुम्हें तो सर्दी लग गयी। देखो, वहाँ मन्दिर के पास एक घर है। वहाँ शायद कुछ कपड़े मिल जायें तो...'

सलिल मना करता रहा पर शायरा ने दौड़ लगायी और उस पुराने से दिख रहे घर के सामने पहुँचकर हाथ से इशारा कर उसे बुलाया। घर क्या था, जैसे कोई सराय। दरवाज़ा खुला था, कमरे में गद्दे पड़े थे। रज़ाईयाँ और तकिए कोने में बुसड़ रहे थे। शायरा ने कमरे के अन्दर जा कर कुछ तलाशा, फिर फुर्ती से एक चादर उठाकर सलिल को लपेट दिया।

सलिल कुछ समझ पाता कि शायरा हँसने लगी और सलिल को बाँहों में भींच गुचमुच हुए गद्दे पर जैसे गिर पड़ी।

पुराने गद्दों की महक ने शायरा के बदन की ख़ुशबू के आगे दम टेक दिया। सलिल ने अपने दोनों कँपकँपाते हाथों को शायरा के बिखर आये कुर्ते के अन्दर डाल लिया। तपिश, प्यास... अजीब–सी तृष्णा।

शायरा कुछ ऊपर उठी, उसने अपने गर्म होंठों से सलिल का माथा चूमा, कानों की लौ को छेड़ते हुए होंठों तक पहुँच गयी। सलिल ने शायरा को अपने क़रीब खींच लिया, बहुत क़रीब।

शायरा धीरे–से उसके कान के पास आकर फुसफुसायी, 'ठण्ड लग रही है अभी भी?'

सलिल की साँसें तेज़ होने लगीं। उसने पास पड़ी रज़ाई दोनों के ऊपर डाल दी। शायरा ने अपने नरम हाथों से सलिल के भीगे कपड़े उतारने शुरू किये। सलिल ने शायरा के। रज़ाई की गरमाहट पिघलने लगी। सलिल के दोनों हाथ शायरा की पीठ से होते हुए, गोल नरम नितम्बों को अपने आगोश में लेने लगे। गर्म चेहरा अपना आशियाना ढूँढ़ते हुए गर्दन से नीचे उतरने लगा। शायरा आहिस्ता से चीख़ी। सलिल का चुम्बन तीखा था। सलिल रुका। शायरा ने उसके होंठों पर चुम्बन जड़ दिया। आश्वस्ति, सलिल को रुकने की ज़रूरत नहीं। पतली कमर, हलका–सा उभार लिए पेट के बीचोबीच नाभि। जैसे ही सलिल के होंठों ने नाभि के अन्दर जीभ फिरा कर अपनी तलाश शुरू की, शायरा ने चीत्कार–सा भरा। अपने पाँवों से सलिल को बाँधते हुए कहा, 'रुको मत, जो हो रहा है होने दो, मुझे आज़ाद कर दो...'

सलिल जैसे कुछ सुन नहीं रहा था। अब रुकने का सवाल ही कहाँ था?

दस मिनट बाद दोनों हाँफते हुए बैठ गये। बाहर से आता शोर बढ़ गया। शायरा फ़ौरन अपने कपड़े उठाकर पीछे के कमरे में चली गयी। सलिल यूँ ही लेटा रहा, जैसे कोई सपना देख रहा हो। नशे में चूर–सा... आँख लग गयी।

देर तक... पता नहीं कितनी देर तक...

गरमाहट अब भी थी उसके आसपास। उठकर बैठा। शायरा ने उसके कपड़े लकड़ी की एक मेज़ पर डाले थे। लगभग सूखे से। कपड़े पहनकर सलिल कमरे से बाहर निकलकर शायरा को आवाज़ देने लगा। बाहर अब धूल भरी आँधी–सी चलने लगी थी।

मन्दिर के आसपास लोग जैसे भाग रहे थे। वह एक चबूतरे पर बैठ गया। देखते–देखते सामने सैकड़ों घोड़े दौड़ने लगे। ऐसा जैसे गाँव पर डाकुओं का आक्रमण हो गया हो। सलिल फटी आँखों से देखता रहा।

दौड़ते–भागते लोग, अफरातफरी, धुएँ का गुबार, घोड़े की टापों की आवाज़ें और अजीब–सी दहशत। देर तक। वह शायरा को आवाज़ें देता रहा। डर के मारे आवाज़ उसके कानों तक जैसे पहुँच ही नहीं रही थी।

वह यूँ ही बैठा रहा चबूतरे पर। गुबार गुज़रते हुए, देखता रहा। धूल के गुबार के उस पार था उजड़ा–सा कुछ।

अचानक उसे लगा कि वह बहुत थका हुआ है, उसे लेटने और आराम करने की ज़रूरत है...

आँखें बन्द होने से पहले वह हलके–से बुदबुदा रहा था, 'शायरा, शायरा...'

आँख खुली... मुँह में अजीब सा स्वाद... सामने एक गाय उसका मुँह चाट रही थी। सलिल हड़बड़ाकर उठा। पीछे की तरफ़ झुकने ही वाला था कि दो हाथों ने उसे सँभाल लिया। सलिल ज़ोर से चिल्लाया, 'शायरा...'

'थे डरियो मत बाबूजी, अ तो गाय है कीं कॉनी करे...' यह कहते हुए एक बुजुर्ग–सा आदमी सलिल के सामने आ गया।

पूरी तरह आँखें खोलीं सलिल ने। उजाड़ से एक मन्दिर के सामने पुराने पत्थर पर बैठा था वो... आसपास कँटीली झाड़ियाँ थीं और कुछ उदास सूखे से पेड़।

सलिल ने शर्ट ऊपर उठाकर आँखें मलीं और चौंककर पूछा, 'कल रात तो यहाँ एक गाँव था, मन्दिर में देवी की पूजा हो रही थी, फिर कुछ डाकू आ गये थे यहाँ...'

बूढ़े के चेहरे पर अजीब से भाव आये, उसने आगे बढ़कर सलिल का मुँह सूँघा फिर चेहरा फेरकर कहा, 'बाबूजी, थे कठे से आये हो, अठे केतो कॉनी लागो? कठे जाणा है?'

सलिल उठ गया, 'अंकल, आप तो यहाँ रहते हैं न? आप बताइए? गाँव कहाँ गया? यहाँ तो दूर–दूर तक कुछ नहीं है। कल रात को क्या हुआ था यहाँ?'

'थे बौरा गयो हो की साहब? कल रात... की कॉनी होयो। बस थोड़ी हवा चाल पड़ी सी, अठे कोई गाँव कॉनी। अ तो सालों सूं इयं ही हैं... कई साला सूं...'

'और चमेलीगढ़...'

बूढ़े आदमी ने उसकी तरफ़ यूँ देखा, जैसे कोई भूत देख लिया हो। 'बाबूजी, थे आपनो घर लौट जाओ, ये किस गाँवरों नाम लियो हो, अठे इसा कोई गाँव होनी।'

सलिल ने अपना सिर झटककर चारों तरफ़ देखा। सिर घूम रहा था। उसने बड़बड़ाते हुए पूछा, 'यहाँ से सुल्तानपुर जाने के लिए कोई गाड़ी मिलेगी?'

'बेटा, सामने सूं बस आवे है तो दौड़ पड़।'

सलिल दौड़ नहीं पाया। बस हाँफता रहा। बस को हाथ दिखाता रहा। रेगिस्तानी सड़क पर बस हिचकोले खाती रुकी। कंडक्टर ने बस का दरवाज़ा खोल दिया।

सलिल को बैठने की जगह मिल गयी। जेब टटोलकर देखा। पर्स था। मोबाइल भी था। पैसे भी थे।

बस भरी हुई थी। सलिल के सामने सब धुँधलाया–सा था। सुल्तानपुर पहुँचने के बाद सलिल ने एक ढाबे में चाय के साथ टोस्ट खाया। अपना बन्द पड़ा मोबाइल चार्ज किया।

कॉल्स, मैसेज... पापा का मैसेज, कहाँ हो बेटा? तुम्हारा फ़ोन बन्द है। परेशान हैं हम। सब ठीक तो है न?

सलिल ने पापा को फ़ोन लगाया, बस इतना ही बोल पाया, सब ठीक है पापा, आ रहा हूँ घर।

सलिल किस तरह सुल्तानपुर से जयपुर और जयपुर से कोलकाता पहुँचा याद नहीं। शायद रास्ते भर वह सोता ही रहा और रह–रह उठता रहा, शायरा का नाम लेते हुए।

घर पहुँचते–पहुँचते सलिल बीमार पड़ गया। बुख़ार... दर्द... बेहोशी।

डॉक्टरों को समझ नहीं आया। हार कर पापा उसे अपनी बहन के पास अमेरिका ले गये। नया मुल्क, नया परिवेश।

दो साल लगे सलिल को ठीक होने में। वह भी काव्या की वजह से। अमेरिका में बुआ के पड़ोस में रहने वाली हँसमुख–सी काव्या ने सलिल को उबार लिया, मरने से। वहीं शादी कर बस गये दोनों।

उसने निजी पलों में काव्या को बताया था शायरा के बारे में। काव्या ने कुछ कहा नहीं। बस सिर हिलाती रही। सलिल को लगा, उसे यकीं नहीं हो रहा। वह ज़ोर देता रहा कि वह जो भी कह रहा है, सच कह रहा है। काव्या ने भी जोड़ दिया, मैं तुम पर अविश्वास नहीं कर रही। पर जो तुम कह रहे हो, वह यकीं करने जैसा भी तो नहीं...

कई बार मन हुआ रोमेश से फ़ोन कर पूछे, क्या उस दिन शायरा लौटी थी? रोमेश तो शायद उसे जानता भी न हो...

कसक दिल में बनी रही। कैसे वह शायरा को बिना खोजे उस दिन लौट आया? क्या हुआ होगा उसका? कसक, दर्द, बेचैनी....

सालों गुज़र गये। न्यूयॉर्क में अब एक अच्छी ज़िन्दगी जी रहा था सलिल और उसका परिवार। काव्या, दो बेटियाँ सहर और सुवि। पापा

दुनिया से जा चुके थे। बातें भी कुछ भूली–बिसरी सी होने लगी थीं। कई बार सलिल ख़ुद पर सवालिया निशान लगाने लगा था, ऐसा कुछ हुआ भी था या नहीं। उसे वाक़ई कहानियाँ लिखनी चाहिए। इतनी फैंटेसी तो कोई कहानीकार भी न करता होगा।

सहर ने जब कहा कि वह अपने ब्वॉय फ्रेंड जॉन के साथ इंडिया में डेस्टिनेशन वेडिंग करना चाहती है, तो पूरे परिवार में जैसे जोश आ गया। सहर ने ही वेडिंग प्लानर की मदद से पूरी योजना बना ली।

चलो राजस्थान। जयपुर से दो सौ किलोमीटर दूर शाहगढ़ के क़िले में पूरे पाँच दिन की शादी। राजस्थान पहुँचते ही सब पर सतरंगी नशा चढ़ गया। सलिल और काव्या जॉन के मम्मी–पापा निकोल और एंडी के साथ एसयूवी में बैठ गये। बच्चे अलग गाड़ियों में। सलिल ने ठण्डी बियर की बोतलों का इन्तज़ाम कर रखा था। गाड़ी चलते ही चारों बियर की चुस्कियों के साथ गपशप में लग गये।

सौ किलोमीटर बाद ड्राइवर ने डीजल भरवाने के लिए गाड़ी रोकी। सब नीचे उतरकर पैर सीधा करने लगे।

अचानक काव्या ने कहा, 'सलिल, लुक योर चमेलीगढ़ इज़ जस्ट सिक्स्टी किलोमीटर अवे...'

सलिल ने चौंककर साइन बोर्ड की तरफ़ देखा, चमेलीगढ़... झुँझला कर उसने कहा, 'तो क्या करें?'

काव्या चुप हो गयी। सलिल गाड़ी से कुछ दूरी पर जा कर खड़ा हो गया। चमेलीगढ़...

वह लौटकर आया, ड्राइवर के कन्धे पर हाथ रखते हुए उसने पूछा, 'भाई, चमेलीगढ़ जाने में कितनी देर लगेगी?'

'सवा घण्टे सर। चलेंगे क्या?'

सलिल की समझ नहीं आया एंडी और निकोल से क्या कहे। काव्या ने समझाया, 'चमेलीगढ़ इज़ ऑफ हेरिटेज वैल्यू। आइ थिंक वी मस्ट विजिट द प्लेस। इट्स नॉट देट फार...'

ड्राइवर ने गाड़ी मोड़ ली। पक्की सड़क थी। सड़क किनारे ऊँट गाड़ी, ढाबे, धूल।

बीच–बीच में पक्के घर। ख़ूबसूरत रंगों से रँगे। रेत के बीच हरे–भरे पेड़।

चमेलीगढ़ पहुँचने से पहले सलिल शान्त हो गया। क्या वह यहाँ आया था कभी? क्या शायरा आयी थी कभी?

सड़क ने मोड़ लिया। सामने एक खुली–सी जगह थी। पीछे एक बसा हुआ गाँव। घर के बाहर खेलते बच्चे। साइकिल और टैम्पो में आते–जाते लोग। दुकानें ही दुकानें। सड़क आगे बढ़ती रही। दोनों तरफ़ मन्दिर के ध्वज।

निकोल ने पूछा, 'इज देयर अ टेम्पल?'

काव्या ने ड्राइवर से पता किया। उसने बताया कि आगे देवी का मन्दिर है। उसकी भी एक कहानी है। कहते हैं, सालों पहले इस गाँव में जिस रात देवी माँ की पालकी निकल रही थी, तूफ़ान आया था, डाकू आ गये थे गाँव में। इस संकट से गाँववालों को बचाया था एक देवी स्वरूप औरत ने। हाथ में त्रिशूल लेकर पिल पड़ी थी डाकुओं पर... कहते हैं लड़ते–लड़ते मारी गयी थी... झाँसी वाली रानी के जैसे। गाँववालों की देवी बन गयी।

फिर हँसकर ड्राइवर ने ही कहा, 'मैडम, गाँव के लोग भोले हैं, ऐसी कहानी पर यकीन कर लेते हैं... आप चलेंगी मन्दिर?'

ड्राइवर ने गाड़ी रोक दी। सब उतर गये। काव्या ने पलट कर देखा, सलिल कहाँ है? वह अपनी धुन में आगे जा रहा था।

मन्दिर के अन्दर देवी की प्रतिमा थी। देवी के हाथ में त्रिशूल...

सलिल देवी के आगे बुत बना खड़ा था। काव्या उसके पास आयी। सलिल का हाथ हलके से थाम लिया। सलिल ने देवी की तरफ़ इशारा किया...

काव्या ने सलिल के हाथ पर अपनी पकड़ मज़बूत कर दी।

बाहर फिर से तेज़ हवा चलने लगी थी। पानी बरसने को हो रहा था। धूल भरी आँधी। गर्द। कुछ जानी–पहचानी आवाज़ें। वही नशीली ख़ुशबू...

सलिल काव्या का हाथ पकड़कर मन्दिर की सीढ़ी उतरते हुए बुदबुदा रहा था, 'मेरी वजह से उसकी जान चली गयी... उस दिन मैंने उसे जाने नहीं दिया होता तो...'

काव्या ने सिर हिलाया... कहना चाह रही थी, यह एक कहानी है, सिर्फ़ कहानी... तुम कहीं नहीं हो इसमें... पर कह नहीं पायी...

नींद के गाँव में

लगातार घण्टी बज रही थी, मन्दिर की।

हवन ख़त्म होने को था। अम्मा जी आँख बन्द किये, हाथ जोड़े बैठी थीं। बीच में आँखें खोलकर देखा कि रम्या कहाँ है? घण्टे भर पहले आयी थी वह लाल पाड़ की साड़ी पहनकर। अम्मा के पास बैठी थी। जैसे ही पूजा शुरू हुई, अम्मा ने आँखें बन्द कीं, रम्या शायद उसी समय उठ गयी थी वहाँ से।

पण्डित जी की आवाज़ थोड़ी कर्कश थी। उन्होंने ज़ोर से कहा, 'घर के सदस्यों को बुलाइए...'

अम्मा पीछे मुड़ीं, गुड्डी की तरफ़ देखा। वह सिर हिलाती हुई चली गयी। धीरे-धीरे एक-एक करके सब मन्दिर में आ गये। प्रतीक, प्रखर, रज्जो...

रम्या नहीं आयी।

पण्डित जी ने सबके हाथ में कलावा बाँधना शुरू किया। ऊँची आवाज़ में पूछा, 'बहू कहाँ गयी?'

अम्मा ने प्रतीक की तरफ़ देखा, प्रतीक ने पुकारा, 'रम्या, रम्या...'

गुड्डी आयी और अम्मा के कान के पास जाकर फुसफुसाकर बोली, 'कमरे में नहीं हैं भाभी, इधर-उधर ढूँढ़ लिए, कहीं भी नहीं...'

प्रतीक ने अम्मा का चेहरा देखा, फिर ख़ुद बोल पड़ा, 'मैं देखकर आता हूँ... कुछ काम करवा रही होगी...'

पण्डित जी ने आरती पढ़ना शुरू किया। अम्मा साथ-साथ बुदबुदाने लगीं।

प्रतीक तेज़ी से आया, 'रम्या, कहीं नहीं दिख रही... कहाँ गयी? बाहर वॉचमैन से पूछा। घर से बाहर नहीं गयी है। घर के अन्दर भी नहीं है। है कहाँ?'

अम्मा ने अपनी आवाज़ को दबाते हुए कहा, 'तुम्हारी पत्नी है। पता करो। नयी बात तो नहीं...'

पूजा ख़त्म। अम्मा ने ही पण्डित जी के खाने का इन्तज़ाम किया। रसोई में खड़े होकर गर्म पूरियाँ तलीं। पण्डित जी ने बस खाना छुआ भर। बीच में बोल उठे, 'अम्मा जी, बस। अब आराम करूँगा।'

अम्मा रुक गयीं। कोठी की दूसरी मंज़िल पर मेहमानों का कमरा था। वहीं पण्डित जी के रहने का इन्तज़ाम किया गया था। हफ़्ता भर पहले से पण्डित जी वहीं रुके थे।

हाथ धोकर पण्डित जी अपनी पीली धोती सँभालते हुए सीढ़ियाँ चढ़ गये।

अम्मा ने गुड्डी से गर्म चाय पिलाने को कहा और सोफ़े में पसर गयीं।

परेशान सब थे। प्रतीक पहले ही पूछ चुका था, 'पुलिस को ख़बर करें?'

अम्मा ने कुछ कहा नहीं। गुड्डी चाय का कप ले आयी। एक घूँट भर कर अम्मा सीधी होती हुई बोलीं, 'आने को तो पुलिस आ जायेगी प्रतीक...कोई आसानी से यकीं भी नहीं करेगा। पिछली दोनों बार क्या हुआ? अपनी मर्ज़ी से गयी थी... देखते हैं कुछ देर और...'

प्रतीक बेचैनी से चहलक़दमी कर रहा था। टेबल पर खाना लग चुका था। अम्मा ने प्रतीक से कहा, 'पूजा वाले दिन भूखे नहीं रहते। जा कर कुछ खा ले।'

प्रतीक ने अम्मा का हाथ पकड़ा और डाइनिंग टेबल पर बिठाते हुए कहा, 'आप भी कुछ खा लो अम्मा। कल रात से काम में लगे हो।'

अम्मा बस पूरी का एक गस्सा तोड़ पायीं और एक चम्मच हलवा। उठ कर अपने कमरे में चली गयीं। प्रतीक भटकता रहा, घर के अन्दर–बाहर। अब उसे भयंकर रूप से चिन्ता होने लगी थी।

रम्या के साथ छह साल पहले उसकी शादी हुई थी। उन्हीं की तरह ज़मींदार की विदेश में पली बेटी। अम्मा की पसन्द। सुन्दर थी रम्या। पर कुछ अलग। या बहुत अलग? रम्या को देखकर अम्मा मुग्ध हो गयीं। अपने आसपास हमेशा एक रहस्य का चक्र बनाये रखती थी। एक अलग तरह की ख़ामोशी में लिपटी। दुनिया से बेख़बर। अम्मा ने उसे देखकर कहा था, एकदम फ़िल्म अदाकारा रेखा की तरह... अपने आपको कई

आवरणों में ढँके, 'हमारे घर के लिए यही ठीक है प्रतीक...', अम्मा ने कहा था।

प्रतीक के पास न तर्क थे न विकल्प। अम्मा ने जो कहा, वह तो बस होना ही था।

शादी की तैयारियाँ शुरू हो चुकी थीं। कार्ड बस प्रिंट होने की देर थी। रात को अम्मा ने इमरजेंसी मीटिंग बुलायी। अम्मा कुछ घबरायी–सी लग रही थीं। अम्मा के छोटे भाई ख़बर लेकर आये थे।

दो दिन से रम्या बेहोश है। कैलिफोर्निया के एक अस्पताल में है। यह पहली बार नहीं है। क्या करें?

शादी की तारीख़ टाल दें?

मामा पूछ रहे थे, 'प्रतीक, क्या कहते हो?'

प्रतीक ने अम्मा की तरफ़ देखा। अम्मा की आँखें बन्द थीं। अचानक आँखें खोलते हुए वे बोलीं, 'कल तक देखते हैं। अगर लड़की ठीक हो जायेगी तो ...'

रम्या को शाम तक होश आ गया। ख़बर सुनकर अम्मा ने लम्बी साँस ली। शादी की तारीख़ तय हो गयी। पन्द्रह दिन पहले रम्या का परिवार यहाँ आ गया। अम्मा की शर्त थी कि शादी यहीं, हमारे घर से होगी। इधर–उधर के रिश्तेदार जमा होने लगे। रम्या पहली बार कोठी में आयी, अम्मा ने कुछ रस्म रखी थी। पीली जरी की साड़ी में। लम्बे बालों की ढीली–सी चोटी। आँखों में गहरा काजल, छोटी–सी लाल बिन्दी। हाथों में लाल–पीली चूड़ियाँ।

अम्मा ख़ुश थीं रम्या को देखकर। रम्या अनमनी–सी थी। सब घर के अन्दर बैठे थे और वह बाहर जाने को बेचैन–सी दिख रही थी। प्रतीक उससे बात करना चाहता था। घर दिखाना चाहता था। रम्या ने पहली बार उससे बात भी की तो यह कहकर 'मेरा दम घुट रहा है यहाँ, बाहर जाऊँ?'

कहने के बाद वह लगभग दौड़ती हुई बाहर लॉन में चली गयी थी...

अमेरिका में पली–बढ़ी रम्या को हिन्दुस्तानी तौर–तरीक़े सीखने में कुछ वक़्त तो लगेगा... अम्मा ने हँसकर कहा था, 'सीख जायेगी, मैं भी तो ऐसी ही थी... बस शुरुआती दिक्कतें हैं...'

अम्मा रम्या को बस जल्द से जल्द घर लाना चाहती थीं।

शादी हो गयी। पहली रात की वह अजीब बात। प्रतीक से पहले कमरे में आ गयी थी रम्या।

एक रात पहले शादी हुई थी। पूरा दिन रस्म–ओ–रिवाज में गुज़र गया। रात को डिनर के बाद प्रतीक कमरे में आया, तो चौंक गया।

कमरे में अलमारियों के सारे दराज खुले हुए थे। सामान नीचे बिखरा पड़ा था। खिड़कियाँ खुली थीं। परदे के पीछे एक साया–सा चमका, गुलाबी नाइटी में डरी–सहमी सी रम्या...

प्रतीक ने आगे बढ़कर उसे सँभाला, रम्या काँप रही थी।

'क्या हुआ? तुम इतना डरी हुई क्यों हो?'

रम्या धीरे–से बोल पायी, 'कमरे में कोई है। यहाँ... उसने अलमारी की तरफ़ इशारा किया...'

प्रतीक ने अलमारी में देखा, सारा सामान बाहर था। बस लकड़ी के पल्ले थे और कुछ फ़ाइलें, बस।

हाथ का सहारा दे कर प्रतीक रम्या को बिस्तर पर ले आया। रम्या उसके कन्धे पर सिर रखकर रोने लगी, 'मैं यहाँ नहीं रह सकती। मुझे प्लीज़ यहाँ से ले चलो...'

प्रतीक ने प्यार से उसके बालों को सहलाते हुए कहा, 'कोई नहीं है रम्या, नयी जगह है तुम्हारे लिए... बाहर जो चीड़ के पेड़ हैं न, बहुत आवाज़ करते हैं। लगता है, कोई है वहाँ पर। तुम्हें आदत हो जायेगी इस आवाज़ की। देखो, मैं खिड़की बन्द कर देता हूँ। अब आवाज़ नहीं आयेगी...'

प्रतीक ने खिड़की बन्द कर दी। रम्या उसी तरह आँखें बन्द किये बैठी रही। प्रतीक ने अलमारियों का सामान अन्दर ठूँस कर पल्ले बन्द कर दिये।

रम्या का हाथ पकड़कर उसके पास बैठ गया। रम्या ने धीरे–से आँखें खोलकर कहा, 'मैं सच कह रही हूँ प्रतीक, कोई है इस कमरे में।'

प्रतीक ने उसका चेहरा अपनी तरफ़ मोड़ते हुए कहा, 'रम्या, कोई नहीं है यहाँ। मैं इतने साल से रहता हूँ न इस कमरे में। कोई होता तो पता चलता न मुझको। तुम घबराओ मत, आराम से सो जाओ। मैं हूँ ना...'

रम्या की आँखों में अब भी दहशत थी। प्रतीक की बाँहों में सिर रख कर वह लेट गयी। प्रतीक ने उसे चूमने की कोशिश की, रम्या पसीने से तर–बतर थी। धीरे–धीरे उसका काँपना रुका। साँस लौटने लगी। साँस की आवाज़ धीमे सुरों में खर्राटों में बदल गयी। प्रतीक से लिपटकर सोती हुई एक मायाविनी। प्रतीक को बहुत देर में नींद आयी। इतनी उलझनें थीं दिमाग़ में। क्या दिक्कत है रम्या को? कहीं सिजोफ्रेनिक तो नहीं?

आधी रात को प्रतीक की नींद खुली। बाँह खुली थी उसकी, पर बाँह पर सिर रखकर सोने वाली नहीं थी। प्रतीक हड़बड़ाकर उठा। लाइट जलाई। कमरे का दरवाज़ा बन्द था। अलमारियों के पल्ले फिर से खुले थे और सारा सामान नीचे।

पैरों में स्लीपर डाल उसने दरवाज़ा खोला, बाहर हलकी–सी रोशनी थी। उसने अपनी आवाज़ को दबाते हुए रम्या को पुकारा। सीढ़ियाँ उतर कर नीचे देख आया। इस समय पूरा घर सोया हुआ था। शादी के बाद का दिन यूँ भी थकान उतारने वाला होता है।

प्रतीक कमरे में आया। खुली खिड़की से नीचे झाँककर देखा, अँधेरे में वैसे भी पेड़ों के साये के अलावा कुछ नज़र नहीं आ रहा था।

अचानक उसे वॉश रूम में हलकी–सी रोशनी नज़र आयी। उसने लपककर दरवाज़ा खोला, अन्दर बाथ टब में रम्या गुड़ी–मुड़ी सी बैठी थी। डरी–सहमी, दाँत किटकिटाते हुए।

प्रतीक को देख उसने उठने की कोशिश की। प्रतीक ने आगे बढ़कर उसे सँभाल लिया और गोद में उठाकर बिस्तर पर ले आया।

इस बार रम्या कुछ बोली नहीं, बस प्रतीक का हाथ कसकर अपने हाथों में भींच कर आँखें बन्द कर लेट गयी। थोड़ी देर में उसका कँपकँपाना रुक गया। वह सो गयी। प्रतीक जागता रहा, पता था, अब उसे ज़िन्दगी भर जागना होगा... रातों को नींद कभी न आयेगी...

अम्मा से यह कहने से पहले कि रम्या के साथ कुछ साइकोलॉजिकल दिक्कतें हैं, सबकुछ ठीक होता सा लगा। प्रतीक और रम्या हनीमून के लिए स्विट्जरलैंड गये। ऐरोप्लेन में साथ बैठी रम्या जैसे कोई दूसरी ही थी। लाल रंग की ड्रेस और काले बूट में वह टीनएजर लग रही थी, वैसा ही उत्साह। सिर पर कलगी लगा हैट।

मज़े से खा रही थी, पी रही थी। गुनगुना रही थी। बल्कि कुछ ज़्यादा ही।

प्रतीक को न कुछ कहना पड़ा न करना। रम्या ने जैसे पूरी तरह उसे अपने अधिकार में ले लिया। पहला फ्रेंच किस। पहली बार बाथ टब में एक साथ नहाना, फिर चुहलबाजियाँ करते हुए साबुन के झाग के नीचे बदमाशियाँ।

ओह। यह रम्या है कौन?

जिस दिन उन्हें लौटना था, सुबह कमरे में ब्रेकफास्ट करते हुए रम्या ने कुछ इतराते हुए कहा, 'मुझे आज नहीं लौटना। कुछ दिन और यहाँ रहना है। तुम टिकट कैंसल कर दो।'

प्रतीक चौंक गया। सब कुछ पहले ही बुक्ड था। फिर अम्मा... वे ही तो तय करती हैं सब।

प्रतीक ने समझाने की कोशिश की, 'फिर आ जायेंगे। आज जाना होगा...'

रम्या अड़ गयी, 'नो, मुझे नहीं जाना। मैं तो यहीं रहूँगी। तुम्हें जाना हो तो जाओ। आय एम गोइंग टु इंजॉय...'

बहुत मुश्किल था अम्मा को समझाना। प्रतीक ने कोशिश की। रम्या की तबीयत का हवाला दिया। ज़ाहिर था, अम्मा को पसन्द नहीं आया।

बस दो दिन और...

रम्या ने होटल के कमरे से बाहर जाने के बजाय तय किया कि वे दोनों पूरा दिन बिस्तर पर बितायेंगे। उसने कामसूत्र पढ़ रखी है, वह आज सारे आसन आजमाना चाहती है....

हँसती हुई अपने कपड़े उतार वह बिस्तर पर पसर गयी। दायें हाथ की उँगली से प्रतीक को अपने पास बुलाते हुए वह फुसफुसाहटों में बोली, 'तुम्हें पता है, कामसूत्र में पत्नियों के साथ सेक्स करने का तरीक़ा अलग है और वेश्याओं के साथ अलग। आज मुझे अपनी बाँदी की तरह प्यार करो। मैं जापान की सबसे सुन्दर गीशा हूँ। मुझे तुमने चौबीस घण्टे के लिए ख़रीदा है, सेक्स स्लेव। मुझे बाँधो, मारो–पीटो, तरसाओ, मेरे शरीर का एक–एक क़तरा चूस लो... कुछ ऐसा कि अगर आज के बाद सेक्स नहीं भी करें, तो कोई शिकायत न हो...'

प्रतीक ने उलझन से उसकी तरफ़ देखा। सुबह की तेज़ रोशनी कमरे में छन कर आ रही थी। रम्या का गुदाज–सा ग़ोरा शरीर गमगमा रहा था। जैसे किरणें उसकी ही देह से फूट कर बरस रही हों। हर अंग लावण्यता से लरजता हुआ। ओह, कितनी ख़ूबसूरत है रम्या, कितनी प्राप्य, किसी का भी मन डोल सकता है, नीयत बिगड़ सकती है।

वह सोचता रहा और रम्या उसके पास आकर उसकी गोद में बैठती हुई उसका कान चुभलाने लगी, 'गीशा के पास सिर्फ़ तेईस घण्टे और कुछ मिनट रह गये हैं... '

प्रतीक से रुका नहीं गया। इस मायावी औरत को आज अपने अन्दर कुछ इस तरह बाँधना होगा कि कभी वो उससे छूटकर कहीं न भागे।

वापस लौटे, तो प्रतीक और रम्या के बीच एक प्यारा–सा रिश्ता पनप चुका था। अम्मा की नज़रें तेज़ थीं। पढ़ लिया, जादू चल गया है मायाविनी का। वैसे अम्मा ही देखती आ रही थीं परिवार का बिज़नेस। किराये पर चढ़े घर, दुकानें, ज़मीन। प्रतीक पर आज तक कभी दबाव नहीं बनाया किन्तु अम्मा का नया आलाप कि अब काम तुम सँभालो, मुझे आराम करने दो, अखर गया बेटे को। वह तो अपनी बेगम के जादुई चंगुल में बस क़ैद हो जाना चाहता था।

अम्मा ने ज़बर्दस्ती की। वह निकलने लगा घर से बाहर। तीसरे ही दिन अम्मा ने शिकायत की, 'रम्या बिल्कुल नहीं बोलती है हमसे। बस किताब ले कर पड़ी रहती है हर समय। कुछ कहो तो उठकर चल देती है। समझाओ उसे।'

उस दिन कुछ अजीब–सा पाया रम्या को। अम्मा के कहने पर घर में साड़ी पहनने लगी थी रम्या। प्रतीक कमरे में गया तो अलमारी की लगभग सभी साड़ियाँ गुड़ीमुड़ी होकर बिस्तर पर पड़ी थीं। रम्या ब्लाउज और पेटीकोट पहने ज़मीन पर अधलेटी–सी थी। प्रतीक के आने की आहट सुन वह उठी। चेहरे पर कोई जोश नहीं। थकी हुई–सी लग रही थी।

प्रतीक ने उसे बाँहों का सहारा देकर उठाया, 'क्या हुआ रमि? तबीयत ठीक नहीं है क्या?'

रम्या ने सिर हिलाते हुए कहा, 'पता नहीं। तुम जब चले जाते हो, तो वह आ जाता है यहाँ। बहुत परेशान करता है मुझे।'

'कौन? किसकी बात कर रही हो तुम?' प्रतीक डर गया।

रम्या ने खिड़की से बाहर उँगली दिखाते हुए कहा, 'देखो, वहीं कहीं होगा। मैंने कहा था, तुम्हारे सामने आये।'

'क्या करता है तुम्हारे साथ?'

रम्या धीरे–से हँसी, 'वही, जो तुम करते हो...' उसके चेहरे पर शरारत–सी आयी, पर गम्भीर होकर बोली, 'मैं यहाँ नहीं रह सकती प्रतीक। तुम मेरी तकलीफ़ क्यों नहीं समझते? जब चली जाऊँगी, तो ढूँढ़ते फिरना।'

'मैं क्या करूँ?'

'मुझे इस कमरे से बाहर ले चलो। मैं यहाँ नहीं रहूँगी।'

रम्या को अपने हाथों से उसने गुलाबी शिफॉन की साड़ी पहनाई। वो दोनों नीचे डाइनिंग टेबल पर खाना खाने पहुँचे तो प्रतीक ने बात छेड़ दी, 'अम्मा, रम्या को हमारे कमरे में कुछ दिक्कत है। हम कुछ दिनों के लिए गेस्ट रूम में रहेंगे...'

अम्मा की त्योरियाँ चढ़ गयीं, 'क्यों? क्या प्रॉब्लम है? गेस्ट रूम में तो कल से पण्डित जी रहेंगे कुछ दिन... उनसे कहूँगी तुम्हारा कमरा देख लें। कुछ वास्तु...'

अचानक रम्या उठ गयी। अभी उसने सूप तक नहीं पिया था। उठकर बिना कुछ कहे अपने कमरे में चली गयी। उसकी गुलाबी साड़ी का आँचल खुलकर कब ज़मीन पर गिर गया था, उसे अन्दाज़ नहीं। सीढ़ियाँ चढ़ते–चढ़ते उसकी पूरी साड़ी खुलकर नीचे बिखर गयी...

अम्मा खड़ी हो गयीं, कुछ तेज़ आवाज़ में पुकारा, 'रम्या, रम्या...'

फिर प्रतीक से बोलीं, 'लेकर आओ उसे। बैड मैनर्स। हद है...'

प्रतीक के जाने तक रम्या ने अपने कमरे का दरवाज़ा बन्द कर लिया। तीन घण्टे बाद दरवाज़ा तोड़ा गया। रम्या बाथरूम में शावर के नीचे बेहोश पड़ी थी।

कई दिन लग गये रम्या को ठीक होने में। चहकती–मुस्कराती रम्या अधिकतर गुमसुम रहती।

फिर पता चला कि रम्या माँ बनने वाली है। मुश्किल समय। अम्मा का सख़्त पहरा, घर के क़ायदे–क़ानून। तीन महीने की प्रेग्नेंट थी रम्या। सुबह नाश्ते के बाद बाहर लॉन में टहल रही थी। बस इसके बाद ग़ायब हो गयी।

ग़ायब... प्रतीक काम पर गया था। उसे तुरन्त बुलाया गया। पुलिस आ गयी। अफरातफरी। शाम तक रम्या के कुछ रिश्तेदार भी आ गये।

घर की बहू का मामला था। अम्मा चाहती थीं पुलिस चुपचाप अपना काम करे। अगला दिन, फिर अगला दिन। तीसरे दिन सुबह परिवार अभी जगा ही था कि अम्मा की छोटी बहन रज्जो ने रम्या को लॉन में टहलते देखा। कुछ उसी तरह जैसे वह तीन दिन पहले टहल रही थी, जैसे वे तीन दिन

बीच में थे ही नहीं। वही काली साड़ी, मैरून शॉल। बस बाल बिखरे थे। चाल कुछ ठण्डी थी।

अम्मा ने ताक़ीद कर दी, इस समय कोई उससे सवाल नहीं करेगा। रम्या ने ठीक से नाश्ता किया। डॉक्टरनी आयी, जाँच कर कहा, बच्चा ठीक है।

रम्या ने किसी को नहीं बताया, वह तीन दिन कहाँ थी। प्रतीक को भी नहीं। बुदबुदाते हुए कहा, 'यहीं तो थी...'

इसके बाद रम्या के पीछे एक सहायक को लगा दिया गया। जैसे ही वह अपने कमरे से बाहर निकलती, उसके पीछे एक साया लग जाता। रम्या दिन–ब–दिन चुप होती जा रही थी, सौम्य और सुन्दर से चेहरे पर कठोरता। हाँ, एक काम उसने ज़रूर किया। अम्मा के मना करने के बाद रात को वह ड्राइंग रूम में सोने चली आती। कभी सोफ़े पर सो जाती तो कभी नीचे कार्पेट पर। अम्मा ने ही हार कर प्रतीक का कमरा बदल दिया। रज्जो का कमरा। थोड़ा छोटा। पलँग भी छोटा। वार्डरोब भी।

प्रखर के होने के बाद कुछ ठीक–सी हुई तो प्रतीक ने कहा, 'रम्या, हमें अपने कमरे में वापस लौट जाना चाहिए। बच्चे के साथ यहाँ कैसे रहेंगे? कहाँ रखेंगे उसका बेबी कॉट? तुम्हारे तो आधे कपड़े भी यहाँ अलमारी में नहीं आते। मेरे तो सारे वहीं हैं।'

अम्मा वैसे भी कुछ महीने पहले उनके कमरे में हवन करवा चुकी थीं। फिर से पण्डित को बुलाकर वास्तु के कुछ बदलाव कर दिये।

रम्या कमरा बदलने को लेकर बहुत उत्साहित नहीं थी...

प्रतीक प्रखर को खाना खिला रहा था। पराँठे का गस्सा मुँह में डालने से इनकार करते हुए प्रखर ने दसवीं बार पूछा, 'मम्मा कहाँ गयी डैड? कब आयेंगी? वह हमेशा मुझे छोड़कर कहाँ चली जाती हैं?'

प्रतीक ने बस सिर हिलाया। कल से आज तक ख़ुद उसे इस सवाल का जवाब नहीं मिला था। पिछले छह सालों में रम्या को न जाने कितने डॉक्टरों के पास ले गया। सबकी नज़र में वह एकदम नॉर्मल थी। एक ही दिक्कत, अमेरिका में पली–बढ़ी, यहाँ के रंग में रँग नहीं पायी। कभी मुँह खोल कर यह भी तो नहीं कहा कि वह यहाँ नहीं रहना चाहती, लौटना चाहती है...

अम्मा को विश्वास होने लगा था कि कोई साया है रम्या पर। उसकी पत्री दिखवाई, पूजा करवाई, गण्डा बँधवाया। पण्डित जी के कहने पर विशाल यज्ञ करवाया। कुछ साल पहले तक पण्डित जी के साथ उनके पिता बड़े पण्डित निरंजन जी भी आया करते थे। निरंजन जी को बचपन से घर के एक सदस्य के तौर पर देखा था प्रतीक ने। अम्मा उनके कहे बिना एक क़दम नहीं उठातीं। रम्या कहती थी, उसे बड़े पण्डित जी से डर लगता है।

कई बार कहा, बड़े पण्डित जी को अक्सर वह अपने कमरे के बाहर पेड़ पर बैठा देखती है तो कभी अलमारी में। मैं होश में नहीं रहती, कुछ याद नहीं रहता क्या हो रहा है मेरे साथ...

प्रतीक उसी दिन उसे साइकोथेरेपिस्ट के पास ले गया था। लौटते समय रम्या धीरे–से बोली, 'तुम मुझे पागल समझते हो न? मेरी बात पर यकीं नहीं करते हो...'

प्रतीक ने बस उसके हाथ पर हाथ रखते हुए कहा था, 'तुम ठीक हो जाओ रम्या, बस, यही चाहता हूँ...'

रम्या के मुँह से अजीब–सी आवाज़ निकली, 'ठीक... मैं ठीक... हूँ' उसकी आवाज़ घरघराहट में बदल गयी।

प्रखर ने अपने मुँह से पराँठे का गस्सा उगल दिया। प्रतीक ने नया कौर बनाया ही था कि कुछ आवाज़ें हुईं।

अम्मा, रज्जो और भी घुली–मिली सी आवाज़ें। रम्या... नाम सुनते ही प्रतीक उठकर लॉन में पहुँचा। लॉन के कोने में कुआँ था। उसे घेर कर घर के नौकर खड़े थे। एक नौकर के हाथ में वही लाल पाड़ वाली साड़ी थी, जो कल पूजा के समय रम्या ने पहनी थी।

प्रतीक ने आगे बढ़कर साड़ी अपने हाथ में ले ली। गीली साड़ी। नौकर कह रहा था, 'जब हम पौधों में पानी दे रहे थे, हमारी नज़र कुएँ पर पड़ी। साड़ी का एक छोर बाहर फँसा था, बाक़ी साड़ी पानी में गिरी हुई थी... हमने खींचकर निकाली...'

बड़ी मुश्किल से प्रतीक के मुँह से निकला, 'और रम्या...!'

नौकर ने धीरे–से कहा, 'कुएँ में उतारने के लिए किसी को बुलाया है...'

अम्मा सिर झुकाकर बैठी थीं, लॉन में पड़ी आरामकुर्सी पर। प्रतीक

उनके पास जाकर बैठ गया, 'ये क्या हो गया अम्मा? रम्या...'

अम्मा ने सिर उठाकर उसकी तरफ़ देखकर कहा, 'पता नहीं... '

आधे घण्टे बाद माली एक दुबले–पतले लड़के को लेकर आया। उसने अपने कपड़े उतारे और कच्छा पहनकर कुएँ में कूद गया। डुबकी लगायी। कुछ सेकेंड बाद कुएँ की सतह पर आकर चिल्लाने लगा, 'यहाँ तो कोई नहीं है...'

सबके कहने पर वह दोबारा पानी में गया। अबकी कुछ सेकेंड ज़्यादा रहा, सतह पर आया, तो हाथ में एक काले रंग का छोटा–सा सन्दूक था।

प्रतीक कुएँ के किनारे साँस रोककर खड़ा था। सन्दूक देखकर चौंका। इससे पहले तो कभी नहीं देखा। लड़का सन्दूक लेकर कुएँ के बाहर आया। सन्दूक ज़मीन पर रख दिया। वह खोलने को ही था कि अम्मा ने दूर से इशारा किया, कोई हाथ न लगाये।

सब दूर हट गये। नौकर ने सन्दूक अम्मा के पास लाकर रख दिया।

अम्मा ने प्रतीक की तरफ़ देखकर कहा, 'लगता है, पुलिस में ख़बर करनी होगी। प्रतीक फ़ोन कर दो...'

नौकर अन्दर चले गये। प्रतीक ने सन्दूक को छूते हुए अम्मा से सवाल किया, 'अम्मा, मैंने तो कभी ये सन्दूक रम्या के पास नहीं देखा...'

'ये मेरा सन्दूक है...' अम्मा की आवाज़ जैसे कुएँ से आ रही थी।

'ओह, तो ये कुएँ में?'

'मैंने डलवाया था...'

'क्या है इसमें?'

अम्मा चुप रहीं। आसमान की तरफ़ देखती रहीं। खुला हुआ दिन। बेहद नीला चमकता हुआ आसमान।

'अम्मा, आपसे कुछ पूछ रहा हूँ? बतायेंगी?'

'पण्डित जी ने कहा था...'

'क्या है इसके अन्दर?'

'सिन्दूर...'

प्रतीक के चेहरे पर सवालिया भाव आये। सामने से पुलिस कमिश्नर आ रहे थे। प्रतीक उठ गया।

कल से रम्या का ग़ायब होना, कल पहन रखी साड़ी कुएँ में मिलना... कोठी के बन्द गेट और सिक्योरिटी की आँख बचा कर कैसे बाहर निकल सकती है रम्या?

अम्मा का बयान कि पिछले एक हफ़्ते से रम्या अनमनी–सी थी। खाना खाने भी अपने कमरे से बाहर कम ही निकलती थी। पहले प्रखर को ड्राइवर के साथ स्कूल छोड़ने और लेने जाती थी। कुछ दिनों से वह भी बन्द था।

प्रतीक ने सोचकर कहा, 'वैसी ही थी... इधर कुछ दिनों से कम बोलने लगी थी। वैसे भी मूडी थी रम्या। मन नहीं करता तो कई दिनों तक बिल्कुल नहीं बोलती थी....'

कमिश्नर ने पूछा, 'कल किस बात की पूजा थी?'

'हर साल करवाते हैं। हवन, यज्ञ। घर की सुख–शान्ति के लिए। पण्डित जी सप्ताह भर पहले से यहाँ रहने आ जाते हैं।'

अम्मा कह ही रही थीं कि सामने से पण्डित जी आ गये। उनकी आँखें लाल थीं, जैसे अभी–अभी हवन करके उठे हों। कल और आज वे भी अपने कमरे से नीचे आये ही नहीं, बस बीच में कुछ फल भिजवाये कि वे बस फलाहार करेंगे।

पण्डित जी अम्मा के सामने खड़े हो गये, 'आज्ञा दीजिए, देवी। अब चलना चाहूँगा।'

अम्मा के कुछ कहने से पहले वे लम्बे डग भरते हुए गेट खोल कर बाहर निकल गये।

कमिश्नर की निगाह ज़मीन पर पड़े सन्दूक पर पड़ी, वे कुछ कहते इससे पहले अम्मा ने कहा, 'मेरा है, कुछ दिनों पहले कुएँ में डलवाया था... बड़े पण्डित जी ने कहा था...'

'ज़रा खोलिए...'

अम्मा उठने लगीं, इससे पहले प्रतीक ने उन्हें हाथ से रोका और सन्दूक ऊपर उठा लिया। सन्दूक में छोटा–सा ताला लगा था। प्रतीक के घुमाने भर से खुल गया जंग लगा ताला। सन्दूक के अन्दर ज़ंज़ीर थी, लोहे की, पुरानी जंग खायी। हल्दी और सिन्दूर से पुती ज़ंज़ीर। ज़ंज़ीर की कुछ कड़ियों पर रंगीन धागे बँधे थे।

अम्मा की आँखों में डर का साया–सा उभर आया। प्रतीक की तरफ़ देखा, शायद यह कहना चाहती थीं कि इसके बारे में मुझे नहीं पता।

कमिश्नर ने सन्दूक बन्द करते हुए कहा, 'मैं इसे साथ ले जाऊँगा। चलिए, पहले घर के अन्दर देखते हैं।'

फर्स्ट फ्लोर में रम्या और प्रतीक का कमरा खुला हुआ था। दराजें

भरी हुई थीं। कहीं कोई सवालिया निशान नहीं। बाक़ी कमरे भी कुछ ऐसे ही थे।

कमिश्नर ने सेकेंड फ्लोर की तरफ़ देखते हुए पूछा, 'ऊपर क्या है?'

प्रतीक ने जवाब दिया, 'एक गेस्ट रूम है... एक कमरा बना है, वहाँ कोई रहता नहीं, पुराने सामान वग़ैरह रखते हैं। और टैरेस...'

'बन्द कमरा खुलवाइए...'

चाबी आ गयी। प्रतीक ने ताला खोला। बहुत दिनों बाद दरवाज़ा खुल रहा था। चर्रचर्र की आवाज़ के साथ दरवाज़ा खुला। कमरे में सामान भरा था। उनके ऊपर चादर। धूल, गन्दगी और जाले। साल में दो बार अम्मा साफ़ करवाती थीं कमरा।

कबाड़ के बीच से जगह निकालकर कमिश्नर आगे बढ़े। प्रतीक उनके पीछे–पीछे। नाक पर रूमाल। कमिश्नर ने आगे बढ़कर बन्द खि. ड़की खोली।

हवा का झोंका–सा आया। कमरे की चीज़ें हलके से हिलीं। मेज़ पर रखा एक लिफ़ाफ़ा नीचे गिर गया। प्रतीक ने उठाया। लिफ़ाफ़े के अन्दर कुछ पुराने नोट थे हज़ार रुपये के, सिन्दूर में लिपटे... लिफ़ाफ़े के ऊपर लिखा था, काली पूजा। लिफ़ाफ़ा बहुत पुराना नहीं था। प्रतीक ने कोशिश की, लिखावट पहचानने की। अम्मा की तो नहीं लग रही। उसने कमिश्नर की आँख बचाकर लिफ़ाफ़ा जेब में रख लिया।

कमिश्नर कुछ देर कमरे में रहे। फिर रौबदार आवाज़ में कहा, 'खिड़की और दरवाज़ा बन्द करवा दीजिए। इस कमरे के बगल वाले कमरे में कौन रहता है?'

'बताया तो था, गेस्ट रूम है... फिलहाल तो कुछ दिनों से पण्डित जी रह रहे थे...'

'ज़रा खुलवाइए...'

दरवाज़ा बाहर से बन्द था। पण्डित जी बन्द करके निकले होंगे। प्रतीक ने दरवाज़ा खोला। उसके पीछे कमिश्नर और उनके दो इंस्पेक्टर।

दरवाज़ा खुलते ही जैसे सबको करंट लग गया।

बिस्तर पर औंधी–सी पड़ी थी रम्या।

आधे शरीर में चादर, आधा बिल्कुल निर्वस्त्र।

उसके गोल गुदाज से वक्ष अपने आप से बेख़बर चादर से बाहर आने को आतुर थे। एक हाथ अपने सिर के नीचे रखकर रम्या बेख़बरी से सो रही थी... या बेहोश थी...

आवाज़ें, फुसफुसाहटें...

रम्या की आँख खुल गयी।

उसकी आँखों में आश्चर्य जैसा कोई भाव नहीं था।

उसने प्रतीक की तरफ़ देखकर हलकी आवाज़ में पूछा, 'क्या हो रहा है?'

प्रतीक जड़–सा खड़ा था। थोड़ा–सा होश आया तो रम्या से पूछा, 'तुम कल से कहाँ थी?'

'यहीं तो थी...'

'इस कमरे में क्या कर रही हो?'

'सो रही थी... '

प्रतीक के पीछे खड़े लोगों पर रम्या की नज़र पड़ी तो वह बिना कुछ कहे चादर लपेट कर बाथरूम में चली गयी।

अम्मा बहुत बेचैन थीं। उनके हाथ में प्रतीक का दिया वो लिफ़ाफ़ा था, जिसमें कुछ पुराने हज़ार के नोट थे। लिफ़ाफ़े के ऊपर लिखावट देख कर चौंक गयी। बड़े पण्डित जी की लिखावट। वह अन्तिम बार कब आये थे घर? रम्या की शादी के कुछ दिनों बाद।

वे ही तो रम्या का रिश्ता लेकर आये थे प्रतीक के लिए। अम्मा ने आँखें बन्द कर लीं। बन्द आँखों से आँसू नीचे टपकने लगे।

इस समय घर हर तरफ़ से सुनसान था। कमिश्नर जा चुके थे। प्रतीक उनसे बिना बोले कहीं निकल गया था, उसी तरह जैसे पच्चीस साल पहले उनके पति चले गये थे... वजह किसी को नहीं पता थी, अम्मा के अलावा। पति के सबसे अच्छे दोस्त निरंजन जबसे उनके साथ आकर रहने लगे थे, और जबसे वे ख़ुद उन्हें देखकर पिघलने लगी थीं... निरंजन को वह पण्डित जी कहती थीं, मानती नहीं थीं... निरंजन लोगों की नज़र में संन्यासी थे, जन्मपत्री देखते थे, पूजा–पाठ करवाते थे, इस लोक और उस लोक की बात करते थे... पर अम्मा के लिए वे एक निरंकुश, अधैर्य और अतिवादी प्रेमी थे।

अम्मा बन गयीं उनकी पतंग की डोर...

कुछ बरसों से निरंजन कहने लगे थे उन्हें अपनी साधना के लिए एक कमसिन–सी युवती चाहिए... अपने में गुम, दुनिया से अलग...बेहद पवित्र, दुनियादार बिल्कुल नहीं। वे ताजन्म युवा रहना चाहते हैं, ऐसी युवती को साध कर रखने से ही उन्हें शक्ति मिल पायेगी।

अमेरिका गये थे, पूजा–पाठ के लिए, वहीं देख आये थे रम्या को और ज़िद करके बैठ गये कि प्रतीक की शादी उससे करवाओ। अम्मा जानती थीं... समझती थीं... निरंजन की साधना किस तरफ़ जा रही है...

फिर अम्मा ने कहा था, 'निरंजन, रम्या से खेलना छोड़ दे। वे अपने घर में शान्ति चाहती हैं। निरंजन हँस पड़े थे, 'मेरा घर? ये घर तुम्हारा कब से हो गया?'

रम्या का निरंजन के बेटे के समीप आना भी अम्मा की आँखों से छिपा नहीं था। छोटे पण्डित जी के साथ लगभग पूरा दिन पूजा में लगी रहती। यही वह दिन थे, जब निरंजन की तबीयत बिगड़ने लगी। आख़िर एक दिन छोटे पण्डित ने कह ही दिया कि बाबा, गुज़र गये...

अम्मा को लगा, अब सब ठीक हो जायेगा...

अम्मा स्तब्ध–सी बैठी हैं... उन्हें इस बात का एहसास ही नहीं कि पच्चीस साल पहले की कहानी फिर से दोहरायी जाने वाली है। अभी–अभी प्रतीक ने अपने कमरे में जाकर फाँसी लगा ली है। अम्मा के शरीर का निचला हिस्सा सुन्न पड़ता जा रहा है, वे अपाहिज हो रही हैं और रम्या को सालों बाद बिना घबराये ख़ूब अच्छी नींद आयी है...

दर्द ने सिर उठाया, तो दुहाई माँगोगे

रात के दो बजे के लगभग किसी का फ़ोन आये, तो एकदम से दो बातें होती हैं। भरी नींद में फ़ोन करने वाले के लिए गाली निकलने के साथ–साथ यह चिन्ता भी कि कहीं कुछ ग़लत तो नहीं हो गया?

फ़ोन बज रहा था। मल्लिका की नींद पहले खुली। गौतम के हाथ को झकझोरने लगी वह। गौतम हड़बड़ाकर उठ बैठा, 'क्या हुआ?'

'तुम्हारा फ़ोन... नहीं उठाना तो साइलेंट कर दो...' वह बड़बड़ायी।

गौतम उठ गया। फ़ोन किसी अनजान नम्बर से था। दो सेकेंड लगे सोचने में, किसका नम्बर है।

दूसरी तरफ़ से लगभग जानी–पहचानी आवाज़ थी, 'हे जिम्मी,'

गौतम दो पल को रुका।

'यू कमीना, नहीं पहचाना न? आय एम योर क्लासमेट, फ्रेंड राजवीर... रिमेम्बर मी?'

'ऑफ़कोर्स राज... लॉन्ग टाइम बडी। तू तो साले यूएस में है न... सालों से कोई ख़बर नहीं है तेरी। कैसा है, कैसे याद किया?'

'सब बताऊँगा। आय हेव नेवर फॉरगॉटन यू, बस सब ठीक चल रहा है। जिम्मी, तुझसे एक काम है यार...'

'बता...'

'मेरी वाइफ बैंगलुरू आ रही है कल सुबह। उसे तीन–चार दिन का काम है वहाँ। कैन शी स्टे विद यू? वो इंडिया में किसी को जानती नहीं...'

'किसी अच्छे होटल में करवा दूँ? यू नो...'

'नहीं यार। इन फैक्ट, पिछले दिनों फैमिली में हादसा हो गया। वह अकेले रहने में डरती है। इसलिए...'

'नो प्रॉब्लम... क्या हुआ फैमिली में राज? सब ठीक है न? और तूने शादी कब की?'

दूसरी तरफ़ से हलकी–सी हँसी की आवाज़ जैसी कुछ सुनायी दी, 'सब बताऊँगा। वह कल आयेगी तेरे घर... सुबह के टाइम। तू होगा न घर में?'

'अगर मैं नहीं रहूँगा, तो मेरी वाइफ मल्लिका रहेगी।'

'क्यों वह जॉब नहीं करती क्या?'

'घर से काम करती है। तू मुझे डिटेल भेज।'

राज की आवाज़ कुछ धीमी हो गयी, फुसफुसाहट–सी, 'जिम्मी... मेरी वाइफ... बहुत परेशान है। उसका ख़याल रखेगा न?'

गौतम ने कुछ कहना चाहा, पर दूसरी तरफ़ से शायद राज रोने लगा। गौतम की समझ में नहीं आया क्या कहे, 'डोंट वरी ब्रो। मैं देख लूँगा।'

फ़ोन रखने के बाद गौतम ने करवट बदलकर सोने की कोशिश की। राजवीर, इंजीनियरिंग कॉलेज में उसका क्लासमेट।

अब तो ठीक से उसकी शक्ल भी याद नहीं। दुबला–पतला, चिकने चेहरे वाला राज। बाल भी लम्बे थे उसके। रुक–रुक कर, धीमे और महीन आवाज़ में बात करता था। लड़के उसका मज़ाक उड़ाते थे। पीठ पीछे उसे राजी बुलाते। राजी... राज... गौतम के छह दोस्तों के ग्रुप का एक मेम्बर। राज सबकी ख़ूब मदद करता, नोट्स लिखता, मेस में अपने हिस्से की मिठाई भी दे देता। अकेले में डर लगता था उसे, हमेशा घिरा रहना चाहता था अपने दोस्तों से।

थर्ड ईयर में जब गौतम ने राजवीर के साथ हॉस्टल में कमरा शेयर करना शुरू किया, कुछ ही दिन में परेशान हो गया। आधी रात राज उसके बिस्तर पर आ धमकता था, यह कहते हुए कि उसे अकेले सोने में डर लगता है।

गौतम हट कहकर भगा देता। महीने भर में गौतम ने हॉस्टल के वार्डन से कह–सुन कर अपना कमरा बदल लिया। राज इस बात पर कई दिनों तक नाराज़ रहा उससे। दोस्त मज़ाक में कहते, राज अगर लड़की होता तो गौतम की शादी किसी और से नहीं होने देता।

गौतम के होंठों पर हलकी–सी मुस्कान आ गयी। अनजाने में ही राजवीर की पत्नी से मिलने की उत्सुकता हो आयी।

राज की पत्नी, रंगिनी। सुबह आठ बजे जब दरवाज़े की घण्टी बजी,

तब गौतम गहरी नींद में सो रहा था। बहुत देर में जाकर उसे नींद आयी थी। मल्लिका बस सोकर उठी ही थी। उम्मीद थी कि दरवाज़े पर अख़बार वाला या गाड़ी साफ़ करने वाला होगा। सामने बेहद हसीन, थोड़ी लम्बी, थोड़ी साँवली और भरपूर मेकअप में एक युवती खड़ी थी। मल्लिका को देख वह हल्का–सा सकपकाई, 'ये गौतम जी का घर है न?'

मल्लिका ने दरवाज़ा पूरा खोल दिया। दोनों कुछ सेकेंड तक असमंजस में खड़ी रही। युवती ने कहा, 'मैं राजवीर की वाइफ हूँ, रंगिनी। उन्होंने बात की होगी...'

मल्लिका के चेहरे पर अब भी हल्की–सी हिचक थी। रंगिनी ने अबकी अपने को सँभालते हुए कहा, 'आप गौतम को बुला देंगी?'

गहरी नींद से जागा गौतम, कुछ हड़बड़ाया–सा शार्ट्स के ऊपर टीशर्ट पहनकर आया था।

मल्लिका ने बस उसे यह कहकर झकझोरते हुए जगाया था कि तुमसे मिलने कोई मिस इंडिया आयी है...

रंगिनी को देखकर गौतम की पहली प्रतिक्रिया कुछ अजीब–सी हुई, उस पागल राजवीर को इतनी सुन्दर और सेक्सी बीवी कैसे मिल सकती है?

गौतम को देखते ही रंगिनी की आँखों का रंग बदल गया। हलकी भूरी आँखें नीली झील में तब्दील हो गयीं। गौतम ने उसे अन्दर आने को कहा। बस, अपने साथ एक बड़ा–सा बैग लायी थी।

मल्लिका कुछ देर दोनों के पास खड़ी रही, फिर चाय बनाकर लाती हूँ कहकर अन्दर चली गयी।

गौतम ने ही बात शुरू की, 'राज मेरे कॉलेज का फ्रेंड है। अर्से बाद बात हुई हमारी। पता नहीं, मेरा नम्बर कहाँ से मिल गया उसे...'

रंगिनी ने मुँह खोला, दाँतों की छवि की बस एक झलक दिखलाती हुई धीरे–से बोली, 'आपके फेसबुक से... आपका नम्बर था वहाँ...'

गौतम ने सिर हिलाया। रंगिनी की हर बात रंग भरी लग रही थी। पीला सिल्क का अनारकली कुर्ता, ऑफ़ ह्वाइट पटियाला, पीले और काले रंग का जार्जेट का दुपट्टा। कानों में बड़े–से कुण्डल, आँखों में रूमानियत भरा बिखरा–सा काजल, क्लचर से सिर के ऊपर बँधा जूड़ा। कानों के आसपास झूमती सी दो–तीन लटें। दिमाग़ भन्ना गया। ये रूपसी उस स्साले राज के हाथ कैसे लग गयी?

रंगिनी सोफ़े पर टेक लगाती हुई बोली, 'कुछ दिन मेरे यहाँ रहने से आपको तकलीफ़ तो नहीं होगी?'

गौतम ने तुरन्त कहा, 'क्या बात कर रही हैं? बिल्कुल नहीं। आप आराम से जब तक चाहें, रहिए...' कहने के बाद उसे ख़याल आया कि उसने अपनी पत्नी से इस बात की इजाज़त तो ली ही नहीं।

फौरन एक्सक्यूज मी कहकर वह किचन में चला गया। मल्लिका कप में चाय छान रही थी। मल्लिका ने उसे देखते ही सवाल किया, 'कौन है ये अप्सरा? क्यों आयी है?'

गौतम ने उसे कल रात के कॉल के बारे में बताया, 'दो–चार दिनों की बात है मल्लिका। आज राज से बात भी कर लूँगा... कह रहा था किसी परेशानी में है... मेरा क्लासमेट है। इतना तो बनता है... '

मल्लिका ने कन्धे उचकाकर कहा, 'देख लो। दिनभर मुझे ही मैनेज करना होगा। तुम तो ऑफ़िस चले जाओगे...यामी का स्कूल, उसका ट्यूशन, खाना... इन सबके बीच एक गेस्ट भी...'

गौतम ने मल्लिका का माथा चूमते हुए कहा, 'आई नो, यू विल मैनेज...'

गौतम के तीन बेडरूम के फ़्लैट में एक कमरा गेस्ट रूम था। वही गौतम का स्टडी रूम भी था। फ़ौरन मल्लिका ने पलँग के चादर बदले, बाथरूम में टॉवेल आदि रखा और रंगिनी के पास जाकर कहा, 'आप चाहें तो फ्रेश हो जायें। मैं नाश्ता लगवा रही हूँ।'

रंगिनी उठ गयी। दस मिनट बाद हाथ–मुँह धो कर आयी, तो उसके बाल खुले हुए थे। कन्धे पर लहराते, बलखाते। पहले से भी ज़्यादा दिलकश लग रही थी रंगिनी।

मल्लिका की नज़र से बचा नहीं रह पाया कि गौतम किस क़दर अपने दोस्त की बीवी को ताड़ रहा है। गौतम ने रंगिनी की प्लेट में पोहा परोसते हुए पूछा, 'आप किसी काम से आयी हैं यहाँ?'

'जी... आप ऑफ़िस जाते समय मुझे रास्ते में ड्रॉप कर देंगे...'

'आपको जाना कहाँ है?'

'एमजी रोड...'

'ग्रेट। मेरा ऑफ़िस वहीं है। चलिए, दस मिनट में निकलते हैं।'

रंगिनी गाड़ी में कुछ चुप–सी रही। गौतम ने ही बात करने की

कोशिश की, 'राज बता रहा था, आप कुछ परेशानी में हैं। घर में कुछ हादसा हो गया है? मैं कुछ कर सकता हूँ?'

रंगिनी सिर झुकाये बैठी रही। कुछ देर बाद उसने कहा, 'ऐसा कुछ नहीं है। बस...'

गौतम ने सिर हिला दिया। उसे बताना नहीं चाहती है रंगिनी, कोई बात नहीं। अभी तो वह अजनबी है उसके लिए।

एमजी रोड पहुँचते ही गौतम ने गाड़ी धीमी कर दी, 'कहाँ उतरेंगी आप? वैसे वह सामने की जो बिल्डिंग देख रही हैं आप? नीले शीशे वाली। मेरा ऑफ़िस है। फर्स्ट फ्लोर पर। वैसे आपके पास मेरा फ़ोन नम्बर तो है ही...'

रंगिनी गाड़ी से उतर गयी। बाय कहकर आगे निकल गयी।

ऑफ़िस जाते ही गौतम मीटिंग में व्यस्त हो गया। लंच टाइम के आसपास रिसेप्शनिस्ट ने फ़ोन करके कहा कि उससे कोई मिलने आयी है, नाम रंगिनी बता रही है...

गौतम रिसेप्शन पर आया। उसे देख रंगिनी खड़ी हो गयी।

गौतम ने पूछा, 'लंच किया आपने?'

रंगिनी ने नहीं में सिर हिलाया।

'ठीक है, चलिए, मेरे साथ कर लीजिए। ऑफ़िस के नीचे फूड कोर्ट है। वहीं चलते हैं।'

रंगिनी ने अपने लिए बस फ्रूट जूस मँगवाया। उसके सामने आलू का पराँठा खाते हुए गौतम को अजीब लग रहा था।

अचानक रंगिनी बोली, 'आपने मुझसे पूछा था न... मैं यहाँ क्यों आयी हूँ? कैसे बताऊँ... मैं पिछले दो हफ़्तों से न सो पायी हूँ न जाग। मेरी जान जैसे मेरे अन्दर है ही नहीं...'

गौतम के चेहरे को गौर से देखते हुए रंगिनी बोली, 'मेरा कोई बहुत अपना मेरा साथ छोड़ गया है...'

'कैसे? कौन था?'

रंगिनी ने आँखें झुका लीं। गौतम देख पा रहा था, उसकी आँखों में आँसू भर आये हैं और वह बहुत मुश्किल से उन्हें रोक रही है।

कुछ रुककर वह बोली, 'कुछ लोग होते हैं जिनके साथ आप अपना रिश्ता बयाँ नहीं कर सकते... मेरा दोस्त, मेरा गुरूर, मेरा अभिमान, कुछ भी कह लीजिए... उसने सुसाइड कर लिया...'

रोकते हुए भी रंगिनी की आँखों से आँसू गिरने लगे। गौतम ने उसके हाथ में टिश्यू देते हुए धीरे–से कहा, 'मैं आपका दुख समझ सकता हूँ... आप प्लीज़ मत रोइए।'

अपनी आँखों में आँसू दबाकर रंगिनी ने हाँ में सिर हिलाया। इस बार गौतम के कुछ कहने से पहले उसने कहा, 'दरअसल काफ़ी सालों से मैं परेशान चल रही हूँ। एक बात है, जो मेरे दिल को बुरी तरह मथ रही है। मैंने अपने उस दोस्त के अलावा किसी को नहीं बताया। मेरा दोस्त कहता था...और मुझे पता है जब तक मैं उससे मुक्त नहीं होऊँगी, मैं आराम से नहीं रह सकती।'

गौतम चौंक गया, 'क्या हुआ?'

'पता नहीं, कैसे कहूँ? मेरी बात आप समझेंगे भी कि नहीं?'

'बताइए तो। कोशिश करूँगा।'

रंगिनी ने जूस का बड़ा–सा घूँट पीने के बाद कहा, 'कुछ सालों पहले की बात है...मैं किसी से प्रेम करती थी... दिल से, रूह से। पर मुझे अपनी मोहब्बत में नाकामयाबी मिली... मेरा मज़ाक़ उड़ा। मैं... बता नहीं सकती, इस बात से मुझे कितनी चोट पहुँची। आप अपनी बात जब सामने वाले तक नहीं पहुँचा पाते... आप जिसे चाहते हैं, वो आपको पसन्द नहीं करता, रुसवाई, इंसल्ट... आपको छोटा बना देना, यह फील कराना कि आप पागल हैं...'

'जिसने भी आपके साथ ऐसा किया होगा, वह बदनसीब होगा... सच कह रहा हूँ रंगिनी जी... आप इतनी ख़ूबसूरत हैं, इतनी चार्मिंग हैं, आपके साथ ऐसा कोई क्यों करेगा?'

रंगिनी के चेहरे पर हल्की–सी मुस्कराहट आयी, 'पता नहीं... अब आप ही बताइए, मुझे क्या करना चाहिए?'

'आप अपने पास्ट की क्यों सोच रही हैं जब आपका प्रेजेंट इतना ख़ूबसूरत है?'

'ऐसा आपको लग रहा है न? मेरे मन के अन्दर जो घाव हैं... उसका क्या करूँ? ..मैं भीतर से बहुत छलनी हूँ। मेरा दोस्त... उसने कहा था कि मैं अपने दर्द से छुटकारा तभी पा सकती हूँ, जब अतीत के दिये घावों से मुक्त हो सकूँ...पता नहीं कैसे होगा... मैं अपने आपको एकदम अकेला पा रही हूँ... कुछ समझ नहीं आ रहा...'

गौतम एक पल को रुका। 'आपकी शादी राजवीर से कैसे हुई? आय मीन... अरैंज्ड या...'

रंगिनी ने सिर उठाकर उसकी तरफ़ देखा, उसकी आँखों में खालीपन था, 'छोड़िए भी...'

गौतम ने उसकी आँखों में झाँका, वह उसकी तरफ़ देख रही थी, हज़ारों हज़ार समन्दर थे उन आँखों में, बरसने, लरजने, गरजने को आतुर। रंगिनी ने आँखें चुरा लीं, पर्स से रूमाल निकाल समन्दर को बरसने से रोका।

गौतम ने कहा, 'मैं समझ सकता हूँ आपकी तकलीफ़। क्या आप बैंगलुरू उस शख़्स की तलाश में आयी हैं?'

रंगिनी के होंठों पर हलकी-सी मुस्कान आयी, 'मैं अपनी तलाश में आयी हूँ। कई दिनों से बहुत बेचैन हूँ। लगता है मुझे कुछ हो जायेगा। दिमाग़ में हज़ारों उलझनें हैं।'

गौतम ने भी रौ में कहा, 'मैं यही दुआ करूँगा कि जल्द से जल्द आपको अपनी उलझनों और दुश्वारियों से मुक्ति मिले।'

रंगिनी शायद हलके-से बुदबुदायी, 'आमीन...'

लंच ख़त्म करने के बाद गौतम उठते हुए बोला, 'मुझे ऑफ़िस जाना है। मीटिंग है। आप घर चली जाइए। मल्लिका है घर पर। मेरी बेटी यामी भी स्कूल से आ गयी होगी। आप आराम कर लीजिए...'

रंगिनी ने रुककर कहा, 'मुझे इस इलाके में पाँच बजे तक काम है। अगर आपको आपत्ति न हो तो मैं इसके बाद यहीं आ जाऊँ? आपके साथ ही...'

'नो प्रॉब्लम...'

गौतम अपने ऑफ़िस में आ गया। वह मीटिंग में था, उसका फ़ोन बजा। राजवीर था। जानना चाहता था कि उसकी वाइफ के आने से उसे कोई तकलीफ़ तो नहीं। गौतम फ़ोन लेकर मीटिंग रूम से बाहर आ गया, 'ब्रो, तेरी वाइफ ठीक है, पर तुझे तो पता ही होगा, दोस्त के जाने का बहुत गम है उसे... कौन था उसका यह दोस्त?'

राजवीर चुप रहा, फिर बोला, 'कुछ बातें सबकी पर्सनल होती हैं... है न? बस, मैं चाहता हूँ वह जिस मकसद से यहाँ आयी हो, वह जल्दी से पूरा हो और वह लौट आये...'

'मुझसे जितनी हैल्प हो, मैं करूँगा। तू निश्चिन्त रह बड्डी!'

राजवीर ने फ़ोन रख दिया।

छह बजे के लगभग अपना काम ख़त्म करके गौतम अपने केबिन से बाहर निकला तो रंगिनी रिसेप्शन पर बैठी हुई मिली। सुबह

के मुक़ाबले में थका हुआ चेहरा। गौतम को देखकर वह उबासी लेती हुई उठ खड़ी हुई।

गौतम पास आया तो वह बोली, 'कल रात ठीक से सो नहीं पायी थी...'

गौतम मुस्कराया, 'घर चल कर आराम कर लीजिए... यह बताइए आपका काम हुआ कि नहीं?'

'हाँ, लगता तो है। पर कल भी आना पड़ेगा...'

चलते–चलते दोनों बाहर गाड़ी तक निकल आये। गौतम ने गाड़ी स्टार्ट की। उसे सीट बैल्ट बाँधता देख, रंगिनी ने भी सीट बेल्ट बाँध ली। गाड़ी चली, तो रंगिनी ने धीरे–से पूछा, 'आपकी गाड़ी में खाने के लिए कुछ होगा? बहुत भूख लगी है...'

'अरे, आपने पहले क्यों नहीं बताया, मैं ऑफ़िस में ही कुछ मँगवा देता...'

गौतम ने रास्ते में गाड़ी रोकी और दौड़ते हुए मैक डी से बर्गर ख़रीद लाया। रंगिनी ने बिल्कुल बच्चों की तरह गपागप बर्गर गटका और टिश्यू से मुँह पोंछते हुए हँसने लगी, 'उफ़... मुझसे भूख बर्दाश्त नहीं होती...'

'यह आदत तो आपके हसबैंड में भी है...'

'जी, उनसे ही लगी है यह आदत...' वह ज़ोर से हँसी। हँसते–हँसते वह गौतम के ऊपर ही गिर गयी। उसका दायाँ हाथ गौतम के कन्धे पर टिक गया। हँसना ख़त्म हुआ तो वह एकदम से चौकन्नी हो गयी, अपना हाथ समेटकर बोली, 'सॉरी...'

उस एक पल में जैसे रंगिनी के देह की सारी ख़ुशबुएँ पी गया गौतम... क्या चन्दन का समूचा बट्टा घिस कर आयी थी वह? घर पहुँचने के बाद रंगिनी आराम करने चली गयी। डिनर पर गौतम और मल्लिका बुलाने आये, तो वह गहरी नींद सो रही थी।

गौतम ने कहा, 'उसे सोने दो मल्लि। कह रही थी रात भी सोयी नहीं है। उसका खाना टेबल पर रख दो। रात को भूख लगेगी, तो खा लेगी।'

ऐसा लग रहा था जैसे कोई साया उस पर झुका हुआ है। जानी–पहचानी चन्दन की ख़ुशबू। हड़बड़ाकर उठा गौतम। बगल में मल्लिका हलके खर्राटे भरते हुए सो रही थी। गौतम उठकर बैठ गया। ड्राइंग रूम की बत्ती जली हुई थी। शायद वह बन्द करना भूल गया होगा। वह उठकर बाहर निकला।

टेबल पर बैठी रंगिनी बड़ी तन्मयता से प्लेट में रखा खाना खा रही थी। गौतम को देख कर चौंक गयी, 'अरे, आप क्यों उठ गये? मैंने डिस्टर्ब तो नहीं किया?'

गौतम उसके पास आकर बैठते हुए बोला, 'बिल्कुल किया... बताइए आपको इसकी क्या सज़ा दी जाये?'

रंगिनी का चेहरा लाल हुआ देख गौतम हँसने लगा, 'अरे, मैं तो मज़ाक़ कर रहा था। ड्राइंग रूम की लाइट जली हुई देखी तो आ गया। आपको कुछ चाहिए तो नहीं? दही या अचार...'

रंगिनी खाना लगभग खा चुकी थी। उसने प्लेट सरकाते हुए कहा, 'कुछ मीठा हो तो दे दीजिए...'

गौतम फ़ौरन उठ गया। फ्रीजर से आइसक्रीम निकालकर कटोरी में देते हुए बोला, 'लीजिए, मेरी बेटी का फेवरेट फ्लेवर है बटर स्कॉच। आपके लिए बचाकर रखा है उसने...'

रंगिनी ने लपककर कटोरी उठा ली। एक चम्मच मुँह में गपाक से रखने के बाद जैसे उसे याद आया, 'आप भी तो लीजिए। ...'

गौतम ने मना किया। पर रंगिनी ने दूसरे चम्मच से आइसक्रीम ले कर गौतम की तरफ़ बढ़ा दी। गौतम ने नहीं–नहीं करते हुए भी चम्मच मुँह में ले लिया। कुछ आइसक्रीम गौतम के होंठों पर भी लगी रह गयी। इससे पहले कि गौतम टिश्यू उठाकर पोंछता, सेकेंड भर में रंगिनी लपक कर उसके एकदम क़रीब आ गयी और उसके होंठों से अपने होंठ मिलाते हुए आइसक्रीम चाट गयी।

एक सेकेंड। सिर्फ़ एक सेकेंड ऐसा तृप्ति भरा होता है? गौतम ठगा–सा था। अब क्या करे? रंगिनी बहुत पास थी, साँसों से मिलती हुई साँसें। ख़ामोशियों से जुड़ती खामोशियाँ और दो लब, पास आने और रस लुटाने को आतुर। अबकी गौतम ज़रा–सा आगे आया। उसकी खुली बाँहों में रंगिनी के मरमरी से हाथ। ज़रा–सा झुककर उसने रंगिनी की साँसें चूमीं, फिर होंठ। बार–बार। कैसी अनवरत प्यास थी।

होश आया। घर में पत्नी और बेटी सो रही हैं। वह अपनी दोस्त की बीवी के साथ यह क्या कर रहा है?

'सॉरी'...

गौतम पलटा।

रंगिनी ने उसकी बाँहें थाम लीं, 'सॉरी तो मुझे कहना चाहिए

न... आप क्यों कह रहे हैं। मैं बहक़ गयी थी...पता नहीं क्या हो गया है मुझे'... रंगिनी रोने लगी।

गौतम उसे सँभालते हुए गेस्ट रूम में ले आया। बिस्तर पर बिठाते हुए उसने धीरे–से उसके सिर पर हाथ फेरते हुए कहा, 'सो जाओ... '

रंगिनी लेट गयी। गौतम ने कमरे की लाइट बन्द की, जाने को हुआ।

रंगिनी झटके से उठकर उसके पास आ गयी। उसकी आवाज़ में थरथराहट थी, 'मुझे अकेले सोने में डर लगता है...'

'आप कल से मेरी बेटी के साथ सो जाना...'

रंगिनी ने कसकर उसका हाथ पकड़ लिया, 'और आज...'

गौतम ने शालीनता से उसके हाथ से अपना हाथ छुड़ाते हुए कहा, 'आप सो जाइए, मैं यहीं हूँ... '

रंगिनी ज़िद पर आ गयी, 'नहीं, मैं नहीं सोऊँगी... मुझे डर लगता है, डरावने सपने आते हैं... '

'फिर...'

'आप यहीं बैठकर मुझसे बातें कीजिए, सुबह होने तक...'

गौतम धीरे–से हँसा, 'फिर ऑफ़िस कैसे जाऊँगा?'

'दस मिनट... प्लीज़...'

गौतम बिस्तर के पास चेयर पर बैठ गया। रंगिनी लेट गयी। अब भी उसने गौतम का हाथ कसकर पकड़ रखा था। जैसे ही उसकी पकड़ ढीली हुई, गौतम धीरे–से उसकी उँगलियों का ग्रिप ढीला कर उठने लगा।

रंगिनी उठ गयी। इस बार न वह रोयी, न कुछ बोली, बस लपक कर गौतम को कुर्सी पर गिराकर उसकी गोद में बैठ गयी।

दिखने में माशाअल्लाह काफ़ी बड़ी थी रंगिनी, पर इस समय गौतम की गोद में सिमटकर एकदम दुलारी–सी लग रही थी। गौतम का शरीर धीरे–धीरे सुलगने लगा। नाइटी के झीने पल्लों से मुक्त होने को आतुर फड़फड़ाती देह।

रंगिनी ने चेहरा आगे कर गौतम के दायें कान को चुभलाया और फुसफुसाकर कहा, 'तुमने कहा था न... कोई कैसे मुझे रिजेक्ट कर सकता है? तुम बताओ? तुम भी तो पुरुष हो। क्या तुम मुझे छोड़ कर चले जाओगे? सबकी तरह?'

गौतम ने समझने और समझाने की कोशिश की। इस समय दिमाग़ एकदम कुंद हो रहा था। कुछ नहीं सूझ रहा था...

चन्दन की ख़ुशबू धीरे–धीरे वासना के ज्वार में बदलने लगी।

रंगिनी गौतम को चूम रही थी। कुछ अनर्गल कह रही थी। गौतम नशे में डूबता जा रहा था। अब उसकी बारी थी। उसने उसकी संगमरमरी देह को नाइटी के जाल से मुक्त किया। तराशा हुआ बदन... अनछुआ–सा, गौतम बस ताकता रहा उसे। लग रहा था, छूने भर से वह कुम्हला जायेगी। गौतम ने उसे बिस्तर पर लिटा कर चादर ओढ़ा दी और एकदम से दरवाज़ा बन्द कर बाहर निकल गया।

अपने कमरे में आने के बाद भी वह देर तक हाँफता रहा। पसीने से लथपथ। क्या करने जा रहा था? कल राजवीर फ़ोन करेगा, तो उससे क्या कहेगा? दिमाग़ ने काम करना बन्द कर दिया तो दिल ने सिर उठाया। संगमरमरी बदन उसकी आगोश में था, इतने क़रीब। ज़बर्दस्त प्यास लगी थी। ठण्डा पानी पीने की तलब–सी उठी। पर उसकी हिम्मत न हुई कि दरवाज़ा खोल फ्रिज का पानी पीने कमरे से बाहर निकले। रूहानी प्यास से तरबतर अपने को कोसता हुआ वह आँखें बन्द कर सोने की कोशिश करने लगा।

सुबह तैयार होने के बाद वह कमरे से बाहर निकला। मल्लिका किचन में नाश्ता बना रही थी। मल्लिका ने गौतम से सवाल किया, 'क्या बात है, तुम्हारी गेस्ट अभी तक उठी नहीं?'

गौतम ने कुछ नहीं कहा।

मल्लिका ख़ुद ही बोल पड़ी, 'मैं दस मिनट पहले गयी थी उसके कमरे में। सो रही है अभी।'

गौतम ने सिर हिलाया। नाश्ता करने के बाद ऑफ़िस के लिए निकलते–निकलते वह बोला, 'रंगिनी पूछे तो बता देना कि आज मैं ऑफ़िस में नहीं रहूँगा। ताज होटल में मीटिंग है। शाम को वहीं से घर आऊँगा। यामी स्कूल गयी कि नहीं?'

'हाँ, कह रही थी, स्पोर्ट्स डे है, लेट आयेगी स्कूल से।'

गौतम हाथ हिलाकर गाड़ी में बैठ गया। चलो, आज तो छुट्टी मिली रंगिनी से...

अभी वह ऑफ़िस पहुँचा ही था कि मल्लिका का हड़बड़ाते हुए फ़ोन आया, 'गौतम, पापा का एक्सीडेंट हुआ है। मुझे फ़ौरन दिल्ली जाना होगा।

तुम किसी भी तरह शाम को जल्दी घर आ जाना, यामी के स्कूल से आने से पहले। घर में गेस्ट भी है, छोड़ नहीं सकते अकेला...'

गौतम का मन मीटिंग में नहीं लगा। पाँच बजे से पहले–पहले वह उठ गया। तेज़ गाड़ी चलाते हुए घर पहुँचा। बाहर से ही अन्दाज़ लग गया कि यामी घर आ गयी है। तेज़ म्यूज़िक।

दरवाज़ा यामी ने खोला और चहकती हुई बोली, 'पापा, आंटी इज़ सो कूल... मेरे साथ डांस कर रही हैं।'

गौतम ने नज़र दौड़ाई, ड्राइंग रूम में सोफ़ा सरकाकर डांस फ्लोर बना दिया था। रंगिनी दीवार से टेक लगाकर खड़ी थी। लाल घेरदार स्कर्ट और टाइट टीशर्ट में। उसके बाल बँधे थे, आँखों में गहरा काजल, कान में बड़े वाले रिंग। एकदम बंजारन लग रही थी, सेक्सी बंजारन।

यामी गौतम को खींच कर अन्दर ले आयी, 'पापा, आप भी देखोगे हमारा डांस?'

गौतम की तरफ़ नज़र भर देखने के बाद रंगिनी बोली, 'बेबी, तुम करो, मैं थक गयी हूँ।'

'नो आंटी, प्लीज़, एक बार, चलिए न... आपके फेवरेट गाने पर... मैं मोबाइल में चला रही हूँ...'

कुछ सेकंड बाद गाना बजने लगा, होंठों पे ऐसी बात जो दबा के चली आयी...

यामी डांस करने लगी। रंगिनी उसी तरह दीवार पर टेक लगाये खड़ी रही। यामी उसका हाथ पकड़कर खींचकर बीच में ले आयी। रंगिनी ने फिर से गौतम की तरफ़ देखा, गौतम ने उसकी आँखों में झाँका।

रंगिनी ने लहँगा उठाकर ठुमका लगाया और थिरकने लगी। हाथ ऊपर उठाकर वह बेली डांस करने लगी। लचीली कमर हिलाते हुए वह गौतम के पास आ गयी। जूड़े में बँधे अपने बाल खोल वह झूमने लगी और झूमते–झूमते उसने अपने बालों से गौतम का सिर ढक लिया।

यामी ताली बजाकर हँसती रही।

बालों के परदे तले मदमदाते होंठों को मंज़िल मिल ही गयी। गौतम जैसे बैठे–बैठे ही सोफ़े पर ढह गया और उसके ऊपर रंगिनी गिर पड़ी। यामी भी दौड़ कर उनके पास आयी और वह भी रंगिनी के ऊपर गिर गयी।

किसी तरह गौतम ने अपनी राह बनायी और उठा।

रंगिनी और यामी गौतम को बेहाल देख हँस–हँस कर दोहरे हुए जा रहे थे।

गौतम ने कन्धे उचकाये, 'व्हाट्स सो फनी?'

यामी हँसती रही। जब रंगिनी ने उसे टोका तो अपने आपको रोक कर बोली, 'पापा, आज रात को पिज्जा खाने बाहर चलेंगे। आंटी कह रही हैं वो ट्रीट देंगी।'

'आंटी क्यों देंगी ट्रीट? वह हमारी गेस्ट है न बेटे?'

रंगिनी ने कुछ मचलकर कहा, 'हमने तो सुना है लोग अपने मेहमानों का ख़ास ख़याल रखते हैं। कल तो आप मैदान छोड़ कर भाग लिये थे...'

यामी दिलचस्पी लेती हुई बोली, 'कौन–सा मैदान पापा? पानीपत का? वो हिस्ट्री के लेसन वाला? जो आपने पढ़ाया था?'

'उससे भी बड़ा बेबी... तुम्हें देखना है?'

यामी ने सिर हिलाते हुए ज़ोर से कहा, 'यस, आंटी, प्लीज़ आंटी...'

रंगिनी अपने लहँगे के घेर को हाथ में लेकर ज़ोर से घूमती हुई बोली, 'तो देखो...'

वह तेज़ी से चकरघिन्नी खाने लगी, लहँगा उठाकर, लचकती हुई, इधर से उधर गोल घूमती हुई।

पाँच मिनट लगातार, फिर हाँफती हुई नीचे बैठ गयी।

यामी ताली बजाते हुए हँसी, 'आंटी इज़ सो फनी...'

गौतम के लिए यह नयी रंगिनी थी। नये रंग में रंगी। ऊर्जा से लथपथ।

यामी अबकी गौतम का हाथ पकड़कर झूल गयी, 'पापा, प्लीज़, बाहर चलेंगे। देखिए, आंटी ने डांस भी दिखा दिया और मैदान भी...'

'ओके, तुम्हारा होमवर्क पूरा हो गया? जल्दी से फिनिश करो। फिर चलेंगे।'

'राइट अवे पापा। यू आर द बेस्ट,' यामी कूदती हुई अपने कमरे में चली गयी।

सामने रह गये गौतम और रंगिनी। रंगिनी ने ही बात शुरू की, 'तो... डर गये मुझसे?'

'क्यों भई? ऐसा क्या कर दिया?' गौतम सहज होने लगा।

'रात को मैदान छोड़कर भाग गये और कह रहे हो...'

'रंगिनी, तुम मेरे दोस्त की वाइफ हो। मैं उसे क्या जवाब दूँगा?'

'उसकी चिन्ता तुम क्यों कर रहे हो? मैं हूँ न...'

गौतम कुछ गम्भीर हो गया, 'तुम इस समय दर्द में हो। इमोशनल हो रही हो। तुम्हें यहाँ नहीं अपने हसबैंड के साथ होना चाहिए...'

'यही तो परेशानी है तुम मर्दों की। अपनी बात करते रहते हो। हमसे पूछो तो ज़रा, हमें क्या चाहिए? तुम्हें क्या लगता है मैं लूज कैरेक्टर हूँ? कॉक टीजर हूँ? बोलो?'

'मैं ऐसा कुछ नहीं कह रहा, तुम खामख़्वाह...'

'बस, आगे कुछ नहीं...' तीर की तेज़ी से वह गौतम की तरफ़ आयी, उसे लगभग ढकेलते हुए सोफ़े पर ढेर किया। अपना टीशर्ट उतार फेंका। स्कर्ट ऊपर उठाकर गौतम के ऊपर बैठ गयी।

गौतम के चेहरे पर झुककर उसने चुम्बनों की झड़ी लगा दी। उसका हाथ अपनी कमर पर रख ब्रा का हुक खोला। ख़ुद ही अपना दायाँ गुदाज वक्ष गौतम के होंठों पर रख दिया।

गौतम की साँस रुक गयी। प्यास...

पानी... उसने शायद हलके–से कहा...

रंगिनी हँसी। उसने आगे बढ़कर गौतम की शर्ट उतार दी। पैंट का बेल्ट खोल जिप में हाथ डालने ही वाली थी कि गौतम के हाथ हरकत में आ गये।

ये समय छोड़ने का नहीं, पाने का है। इस प्यास को बुझाना ही होगा।

गौतम एक झटके से रंगिनी को अपनी बाँहों में लेकर अपने नीचे ले आया। उसके अनावृत वक्षों को चूमते हुए उसने घेरदार स्कर्ट के नीचे छाँव ढूँढ़ने की कोशिश की। उँगलियों से बेहद नरम, मुलायम बालों के पीछे जन्नत के द्वार आहिस्ता से छुए। रंगिनी ने सिसकारी ली। हाँफते हुए बोली, 'रुको मत। प्लीज़... आई वांट... प्लीज़...'

गौतम ने लम्बी साँस लेकर उसे कसकर अपनी आगोश में भरा। इस समय दोनों की चाहत एक ही थी। चरम।

ऐसा लग रहा था, जैसे वह इस दोशीजा के साथ सुहागरात मना रहा हो। कसी हुई योनि में प्रवेश करते हुए गौतम को लगा जैसे वह किसी जाने–पहचाने स्वर्ग के द्वार में जा रहा हो। रंगिनी चीख़ी, गौतम ने उसके मुँह पर अपना हाथ रखा था, फिर भी आनन्द का अतिरेक रुक नहीं पाया।

उसी समय एक छाया दौड़ती हुई वहाँ आयी, 'पापा, क्या हुआ? आंटी को चोट लग गयी क्या?'

गनीमत, ड्राइंग रूम में अँधेरा था।

गौतम बस इतना ही बोल पाया, 'आंटी को चक्कर आ गया बेटी, तुम कमरे में जाओ। मैं इनको सँभाल लूँगा...'

यामी खड़ी रही। ठहरी रही। फिर धीरे–से अपने कमरे में चली गयी।

गौतम हडबड़ाकर उठा।

रंगिनी के चेहरे पर तृप्ति पसरी थी। होंठ खुले से, खिले से।

गौतम ने अपनी पैंट पहनी, शर्ट कन्धे पर डाल उठ गया। रंगिनी के नितम्बों पर हल्की थाप देकर बोला, 'उठो, अपने कमरे में जाओ... जल्दी से...'

रंगिनी ने आँखें खोलीं, नशीली–सी। लहँगे को समेटने लगी, तो गौतम ने देखा, सोफ़े पर लाल लकीरें–सी खिंची हैं।

अपना अनावृत वक्ष लिए वह लहक़ती, लचकती चलने लगी। गौतम ने लपककर ब्रा और टीशर्ट उसके कन्धे पर डाल दिये।

इस समय भी वह हाँफ रहा था। बालकनी में खड़ा था। सिगरेट पर सिगरेट फूँक रहा था।

अपने को सँभाल कर वह यामी के कमरे में आया। वह खिड़की के पास खड़ी थी, पापा को देख उसने पूछा, 'पापा, आप आंटी के साथ कुछ कर रहे थे?'

'नहीं बेटा, मैंने बताया न, वो गिर गयी थीं...'

यामी ने चेहरा घुमा लिया, 'पापा, मुझे पिज्जा खाने बाहर नहीं जाना, आप दोनों जाइए।'

'नहीं बाबू, तुम नहीं जाओगी तो हम भी नहीं जायेंगे।'

'नहीं पापा, मेरा मन नहीं है।'

'घर पर कुछ मँगवा दूँ बेटा?'

'आपकी मर्ज़ी...'

अचानक यामी रोने लगी, 'पापा, मम्मी कब आयेंगी? मैं उनको मिस कर रही हूँ। मुझे उनके पास जाना है...मेरी मम्मी से बात करवाइए।'

गौतम ने उसे चुप कराने की कोशिश की। यामी को सँभालना मुश्किल हो रहा था।

गौतम ने मल्लिका को फ़ोन लगाया, वह अभी–अभी दिल्ली उतरी

थी। यामी ने बस इतना कहा, 'मम्मी, जल्दी से घर आ जाओ। मुझे आपके बिना डर लग रहा है।'

यामी के हाथ से फ़ोन लेकर गौतम ने बात करना शुरू किया, 'अभी तो रंगिनी के साथ ख़ूब डांस कर रही थी, बाहर जाकर पिज्जा खाने का प्लान था...'

मल्लिका ने सपाट आवाज़ में पूछा, 'कुछ हुआ क्या? गौतम, देखो मैं अगर वहाँ नहीं हूँ तो रंगिनी को घर पर रखने का कोई मतलब नहीं है। उसे होटल में क्यों नहीं ठहरा देते?'

'ठीक है, कल सुबह करूँगा... यामी रो रही है, क्या करूँ?'

'तुम आज रात को उसे बिन्नी के घर छोड़ दो। उसकी बेटी अप्पी के साथ खुश रहेगी, वहाँ से स्कूल भी पास है। मैं बात करती हूँ बिन्नी से अभी ...'

बिन्नी के घर जाने के नाम पर यामी ने रोना बन्द कर दिया। वह फटाफट स्कूल बैग और रात के कपड़े एक बैग में लेकर तैयार हो गयी।

गौतम ने रंगिनी के कमरे का दरवाज़ा खटखटाया, वह बिस्तर पर थी। उसी दशा में जैसे ड्राइंग रूम से गौतम ने उसे वहाँ भेजा था, 'रंगिनी, मैं यामी को फ्रेंड के घर छोड़ने जा रहा हूँ। आते समय कुछ खाने के लिए लेता आऊँगा। दरवाज़ा बाहर से बन्द कर रहा हूँ। ओके?'

बिन्नी मल्लिका की ख़ास दोस्त थी। मल्लिका ने फ़ोन पर उसे बता दिया था। दरवाज़ा खोलते ही बिन्नी ने गौतम को छेड़ा, 'कहाँ है तुम्हारी स्पेशल मेहमान? ज़रा हमें भी तो मिलवाओ भई?'

गौतम खिसियानी-सी हँसने लगा।

'देखो, तुमने तो अपने गेस्ट से मुझे नहीं मिलवाया, पर मेरे पास तुम्हारे लिए एक सरप्राइज है...'

गौतम का कॉलेज फ्रेंड अंकित उसके सामने खड़ा था, बिन्नी का कजिन, जो कनाडा में रहता था।

'अबे स्साले, अंक, तू कब आया?'

'बस, शाम को। तेरे बारे में पूछ रहा था। व्हाट्स अप ड्यूड?'

गौतम ने उसे गले लगाते हुए कहा, 'दो दिन में कॉलेज के दो सरप्राइज कुछ ज़्यादा लग रहा है।'

'एक तो मैं हूँ, दूसरा कौन?'

'तुझे याद है न हमारा बैच मेट? राजवीर?'

अंकित हँसने लगा, 'हाँ, तेरा आशिक'...

गौतम ने उसकी पीठ पर मुक्का मारते हुए कहा, 'तू स्साला...'

'राजवीर के बारे में क्या हुआ? आय होप तुझे न्यूज़ मिल गयी होगी?'

'कैसी न्यूज़?'

'कम ऑन, मैंने तो पेपर में ही पढ़ा था। दो वीक पहले मैं न्यूयॉर्क में था। वहीं देखा था... '

'व्हाट यार?' गौतम खीझ गया।

'राजवीर ने सुसाइड कर लिया था...'

गौतम हक्का–बक्का–सा उसकी तरफ़ देखने लगा।

'दरअसल जब से सेक्स चेंज ऑपरेशन करवाकर वो ड्रेग क्वीन बना था, डिप्रेशन में था... एक बात तो है, सेक्स चेंज करने के बाद लगता है उसने प्लास्टिक सर्जरी भी करवा ली थी। ही इज़ शुड आय से शी लुक्ड सो प्रिटी...'

गौतम दीवार का सहारा लेकर खड़ा हो गया। उससे हाथ छुड़ा कर यामी अप्पी के पास जा चुकी थी।

'अब यह मत कहना कि तुझे नहीं पता था कि राजवीर वाज़ ए ट्रांसजेंडर... यार, मुझे भी बाद में पता चला। डाउट तो था, पर... तुझे तो पता होना चाहिए था... तेरे लिए ख़ून के आँसू रोता था और तू था कि हमेशा जलील करता रहता था उसे... हा, हा और बता हाउ'ज लाइफ? और तू राजवीर के बारे में क्या कह रहा था?'

गौतम ने उसका हाथ पकड़कर कहा, 'तू मेरे साथ आयेगा...'

'कहाँ?'

'राजवीर से मिलने...'

□□